DOMADA POR LA BESTIA

PROGRAMA DE NOVIAS INTERESTELARES®:
LIBRO 7

GRACE GOODWIN

BOLETÍN DE NOTICIAS EN ESPAÑOL

FORMA PARTE DE MI LISTA DE ENVÍO PARA SER DE LOS PRIMEROS EN SABER SOBRE NUEVAS ENTREGAS, LIBROS GRATUITOS, PRECIOS ESPECIALES, Y OTROS REGALOS DE NUESTROS AUTORES.

http://ksapublishers.com/s/c5

Copyright © 2019 por Grace Goodwin

Todos los derechos reservados. Ninguna parte de este libro puede ser reproducida o transmitida de ninguna forma ni por ningún medio, ya sea eléctrico, digital o mecánico, incluidas, entre otras, fotocopias, grabaciones, escaneos o cualquier tipo de sistema de almacenamiento y de recuperación de datos sin el permiso expreso y por escrito del autor.

Publicado por Grace Goodwin con KSA Publishing Consultants, Inc.

Goodwin, Grace

Domada por la bestia

Diseño de portada por KSA Publishers 2020
Imágenes de Deposit Photos: _italo_, ralwel

Este libro está destinado *únicamente a adultos*. Azotes y cualquier otra actividad sexual que haya sido representada en este libro son fantasías dirigidas hacia adultos solamente.

1

Tiffani Wilson, Centro de Procesamiento de Novias Interestelares, planeta Tierra

Me levantó, y mis grandes pechos chocaron contra la superficie lisa y fría de la pared, cuando entonces su miembro me atravesó por detrás. Podía sentir su pecho sobre mi espalda, y eso fue un shock para todo mi cuerpo. Yo era alta, medía casi un metro ochenta, y ni uno solo de mis amantes, incluso cuando era delgada, había podido dominarme, sujetarme, hacerme sentir... pequeña. Jamás. No de este modo.

Era colosal, su cuerpo a mis espaldas era como el de un gigante. Reparé sobre el enorme brazo que sostenía mis muñecas, inmovilizadas en la pared por encima de mi cabeza. Los bíceps en ese brazo eran fácilmente del tamaño de mi muslo, y duros como una roca. Al igual que la polla que me estaba agrandando, llevándome hasta el borde del dolor.

—Mía.

La palabra sonaba más como gruñido apenas reconocible, pero hizo que mi sexo se contrajera alrededor de él por toda respuesta. No había ningún ápice de duda en su reclamo; solo pura necesidad y lujuria.

¿Lujuria? Nadie me ha deseado jamás; era demasiado alta, demasiado grande, demasiado para que un hombre pudiese ocuparse de mí. ¿Pero esto? ¿Él?

Me penetró con una rápida embestida de sus caderas, su cuerpo duro chocaba contra el mío, como un conquistador. Una y otra vez. Todo mi cuerpo se estremeció con el impacto, mis dedos intentaron aferrarse a la pared, pero fallaron. Solo sus manos en mis muñecas, su polla profundamente dentro de mí, me sostenían. Y amé cada minuto; mi mente estaba perdida en una nube de placer y necesidad, de rendición. Me entregaría a él. Él no cedería hasta que yo lo hiciera.

Sí. Yo era suya. Lo sabía de alguna manera; sabía que era mío. Todavía no sabía cómo lucía, y no me importaba; no al sentir sus manos en mi cuerpo y su duro mástil entre mis piernas.

—Quédate.

Pronunció la orden con un grave estruendo, y miré hacia arriba mientras soltaba mis muñecas. ¿Cómo no había notado que me había colocado unas extrañas bandas metálicas en cada una? Tenían alrededor de diez centímetros de ancho, y tenían figuras talladas con un hermoso patrón de oro, plata y platino en el que no podía enfocarme bien. Su polla despejaba cualquier pensamiento de mi mente.

Jadeaba con cada embestida de sus caderas, como si su dura asta en realidad me dejase sin aire en mis pulmones.

Intenté levantar mis muñecas para ajustar mi posición, pero no se movieron ni un milímetro, aseguradas por un anillo incrustado en la pared. Consciente de que no estaba teniendo éxito, tiré de nuevo de ellas, y saber que no podía moverme me puso más caliente. Un sonido que no reconocí como mío escapó de mis labios. A mi compañero pareció gustarle la evidencia de mi sumisión, pues gruñó por toda respuesta, y posó sus labios en la parte de atrás de mi cuello y hombro mientras continuaba entrando y saliendo de mí lo suficientemente rápido como para volverme loca, pero negándose a darme un orgasmo.

—Por favor.

¿Esa era yo, rogándole? Dios, *sí* lo era, y quería canturrear la palabra hasta que él me diera lo que ansiaba.

Como respuesta, el hombre a mis espaldas, mi compañero, envolvió sus manos alrededor de mis muslos y abrió mis piernas de par en par, levantándome hasta que apoyé mi frente contra la pared, mientras me follaba con un ritmo fuerte, como un martillazo, que me empujaba hasta el límite; cada vez más cerca del borde.

El sonido húmedo del sexo, de piel estrellándose contra piel invadió mis oídos, mientras el sonido de su entrecortado intento por respirar llegaba a mis oídos desde atrás.

Jamás me habían sujetado así, con mis piernas bien separadas, mi coño abierto, expuesto y completamente a su merced. Saber que no podía hacer nada más que someterme, nada más que aceptar lo que él me daba me excitaba, me ponía tan jodidamente caliente, que le habría rogado. Habría rogado para que me tocara. Para que me mordiera. Cualquier cosa. Cualquier cosa para llevarme al límite, para hacer que me corriera.

No sabía dónde estaba ni quién era realmente, pero no me importaba. Él era mío. Mi cuerpo lo supo, lo aceptó, y cuando él alzó una mano para masajear todo mi pecho, no pude decir nada. No quería hacerlo.

—Más.

Yo... ella... este cuerpo le rogó que lo hiciera más fuerte y más rápido. Lo que realmente quería, realmente necesitaba, era una pizca de algo *más*; de dolor, de intensidad para quebrarme y correrme alrededor de su polla. Era un deseo oscuro, uno que aún no había compartido en voz alta con nadie, pero de alguna manera él lo conocía.

—No.

Su profunda voz sonaba más propia de un animal que de un hombre, y si lo supiera, si me volviera a mirarle, no vería a un humano detrás de mí, sino algo diferente, algo que era... más. La idea me hizo temblar de excitación mientras cerraba las manos y trataba de usar la pared como palanca para caer sobre su polla, para obligarlo a follarme aún más fuerte. Yo quería más. Lo quería todo.

—Más. Por favor.

No reconocía mi voz, pero no me importaba. Sonaba desesperada y necesitada, exactamente como me sentía.

Entonces me embistió con fuerza, hasta lo más hondo; chocó contra mi útero y un dolor zigzagueante me atravesó. Estremeciéndome, eché mi cabeza hacia atrás sobre su hombro y envolví mis piernas alrededor de sus muslos lo mejor que pude para mantenerlo enterrado justo en donde lo necesitaba.

Con mis piernas alrededor de las suyas, soltó mis muslos para sujetar mis pechos. Con cada movimiento de sus caderas se movía de un modo casi imperceptible, pero el ligero cambio de ángulo hizo que su miembro me penetrara profundamente una y otra vez. Me obligó a quedarme quieta, a montarlo mientras me pellizcaba y tiraba de mis pezones, haciendo que se convirtieran en picos endurecidos hasta dejarme gimiendo. Mi coño se contrajo y soltó su grueso mástil, y traté de menearme para hacer que se moviera más rápido.

—Mía.

Joder. ¿Es que solo pensaba en una cosa? ¿Necesitaba que lo repitiera? ¿Que lo confirmara?

—Mía.

¿Por qué seguía diciendo eso?

Este cuerpo parecía saber; parecía entender exactamente lo que quería.

—Sí. Sí. Sí.

Con cada palabra me follaba más fuerte, como si mi consentimiento le hiciera perder un poco más el control.

Cuando dejó caer una mano para apoyarla sobre mi clítoris casi lloré de alivio, pero simplemente se mantuvo allí; sin acariciar, sin frotar.

Las esposas que rodeaban mi muñeca repiqueteaban mientras luchaba por levantarme; por mover mis caderas hacia adelante y obligarlo a que me tocara como necesitaba.

Su risa fue tan profunda, que yo sabía que *sentía* algo tan grande y fuerte, tan masivo, que en comparación yo era realmente pequeña. Y sabía que me estaba provocando; que trataba de hacer que continuara suplicando.

—Por favor.

Dejó una mano sobre mi clítoris y la otra la movió hacia mi cabello, en donde su mano grande se enredó y tiró de mi cabeza hacia atrás, hasta que mi cuello se arqueó a modo de una deliciosa ofrenda.

—Compañera.

Sus labios rozaron mi oreja, y me estremecí ante la promesa carnal que contenía esa única palabra. Sí. Yo lo deseaba. Era mío. Para siempre. Me relamí los labios, finalmente lista para pronunciar las palabras que sabía que despedazarían su férreo control.

—Fóllame, compañero. Hazme tuya.

Un escalofrío recorrió su pecho y sus brazos. Sentí cómo todo su cuerpo se estremeció cuando perdió el control. Sostuvo mi cabello, sus embestidas salvajes hicieron que mis piernas se soltaran mientras entraba y salía de mí como una máquina; duro, rápido, implacable.

Retirándose casi por completo, usó la gravedad para hacer que me viniera abajo mientras el peso de mi propio cuerpo me empalaba en su polla una y otra vez, con estocadas rápidas que me arrancaban gemidos.

Ese sonido de entrega debe haber sido lo que estaba esperando, pues entonces frotó mi clítoris con algo de fuerza, exactamente como me gustaba.

Manteniendo la cabeza hacia atrás caí en una espiral del olvido, recibiendo sensación tras sensación mientras me follaba como si yo fuese la única para él; como si nunca tuviera suficiente de mí. Como si fuese a morir si no me llenaba con su semilla y me hacía suya para siempre.

Me sentí femenina y poderosa. Hermosa. Y nunca antes me había sentido hermosa. Aquel pensamiento me distrajo hasta que él soltó mi cabello y usó su mano libre para asestarme una fuerte nalgada en el costado de mi trasero desnudo.

Me sobresalté, y mis paredes internas se contrajeron alrededor de su polla. Gemí. Él gruñó.

Me azotó de nuevo, sabiendo de alguna manera que me gustaba ser tratada así; amaba el fuerte escozor del dolor.

¡Zas!

Embestida. Retirada.

¡Zas!

¡Zas!

Azotó mi culo hasta que el calor se propagó como un fuego sin control a través de mi cuerpo, quemándome desde adentro hacia afuera.

Cuando no podía pensar, y apenas podía respirar, se detuvo. Lentamente, tan lentamente que cada movimiento se sentía como si tomara una eternidad, salió de mi coño hinchado, luego empujó su polla dentro de mí una vez más. Totalmente sentado, cubrió mi espalda con su cuerpo, húmedo por el sudor; y me cercó, ambos brazos se envolvieron alrededor de mis caderas, sus manos estaban ansiosas por jugar con mi coño.

—Ven ahora.

Lentamente, movió sus dedos arriba y abajo sobre mi clítoris; cada roce suave era como una explosión para mis nervios, y entonces abrió mis labios vaginales con dos de sus dedos, manteniéndome abierta para frotar y dar golpecitos a mi clítoris con los demás dedos. Había sido tan salvaje, y ahora era amable. Él podía ser ambos. Él podía serlo *todo*.

Perdí la realidad mientras mi orgasmo recorrió todo mi cuerpo. A lo lejos pude escuchar a una mujer gritar; sabía que era yo, pero estaba flotando en una tormenta de sensaciones que mi compañero mantenía unidas. Sabía que me sostenía, impedía que cayese; me mantenía a salvo mientras yo sentía, sentía y sentía.

Mi cuerpo latía de placer y me sentí mareada, desorientada por un momento. Cerré los ojos y respiré agitadamente cuando los espasmos finalmente se desvanecieron, mientras mis tensos músculos se relajaban. Y de repente, sentí frío. Extrañaba el calor de mi compañero sobre mi espalda.

Entrando en pánico y sintiéndome insegura, abrí los ojos y parpadeé al notar unas luces brillantes de un entorno clínico. Una mujer preocupada me observó atentamente desde donde estaba, junto a la extraña cama en la que estaba tendida. Intenté levantar el brazo para frotarme la cara y los ojos, pero descubrí que no podía, y mis muñecas estaban atadas a lo que parecía ser una silla del dentista extra grande.

Le eché una ojeada a mi cuerpo, y la realidad me golpeó rápidamente. Un vestido gris de estilo hospitalario me cubría, pero estaba abierto en la parte de atrás. Estaba desnuda por debajo, la manera en la que mi húmedo culo y muslos se deslizaban era prueba del estado de excitación en el que mi cuerpo se encontraba. Estaba en Miami, en el centro de novias alienígenas. Había tomado un vuelo hasta aquí ayer después de decirle a mi jefe en el restaurante en Milwaukee que se fuera a la mierda, marchándome en pleno turno. Eso se había sentido endemoniadamente bien.

El maldito billete de avión me había costado cada centavo que tenía en el banco, pero no me importaba. Necesita un cambio. Uno drástico. Y no tenía planes de volver.

—¿Está bien, señorita Wilson?

La mujer frente a mí vestía con un uniforme gris oscuro, con una extraña insignia color borgoña sobre su pecho izquierdo. Ahora la recordaba; era la guardiana Egara. Había sido bastante amable, y completamente profesional, lo cual era algo que apreciaba. La mayor parte del tiempo las personas se quedaban boquiabiertas al ver mi tamaño, incluso en el consultorio del doctor.

La guardiana era esbelta y hermosa, y era todo lo que yo jamás había sido. Probablemente habría hombres haciendo fila para invitarla a salir, para desnudarla y hacer que se corriera en sus penes.

¿En cuánto a mí? Los hombres me pedían que cuidara a sus perros y que les llevase café. ¿El orgasmo que acababa de tener? Sí, era el primero que me daba alguien desde que había salido de la secundaria. Mis amantes no habían sido muy numerosos ni frecuentes, y ninguno había sido lo suficientemente fuerte como para alzarme y tomarme desde atrás. Ni tampoco para saber cómo tocarme exactamente, cómo llevarme al límite; cómo provocarme para luego dominarme.

Sabía que no estaba prestando atención, pero no podía parar de recordar la sensación de esa enorme polla llenándome y dejándome algo dolorida; de aquellas enormes manos que me hacían sentir hermosa y pequeña... que me hacían sentir... como ella. Era la otra parte de mí, la yo que no existía realmente, la parte que era pura fantasía. Justo como *él*.

—¿Señorita Wilson?

La guardiana inclinó su cabeza hacia abajo y me inspeccionó de cerca, lo cual era algo que definitivamente no necesitaba en estos momentos; no mientras mi trasero desnudo estaba resbalándose de la silla, mojado por mi deseo.

—Estoy bien.

Traté de subir mis manos, de ajustarme el camisón de

hospital, que se había subido hasta la mitad de mi muslo, pero las esposas me lo impidieron. Maldición.

—¿Está segura? El proceso de emparejamiento puede llegar a ser... intenso.

¿De modo que era así como les llamaban a los orgasmos estremecedores hoy en día? Joder, sí, había sido intenso. Entonces me gustaría otro más, por favor.

Parecía ser simpática, y me di cuenta de que quería contarle todo. Diablos, quería hacerle la única pregunta que me abrasaba por dentro y me asustaba. Pero no podía reunir la valentía para hacerlo. En vez de eso, traté de sonreír.

—Sí. Estoy bien.

—Excelente.

Sonrió y asintió, aparentemente convencida, por mi intento de sonreír a medias, de que no estaba a punto de entrar en shock o tener una crisis nerviosa. Claramente jamás había tenido que atender mesas en un restaurante lleno, con niños que vomitaban e imbéciles borrachos en igual proporción rodeándola. Podía manejar mucho más estrés que esto. ¿Y el estrés del orgasmo? Sí, bueno, aquello no había sido estresante. Había sido... abrumador.

Traté de relajarme, y me recliné sobre la silla, concentrándome en contar mientras les daba aire a mis pulmones. Inhala, exhala. Así era como resolvía las cosas.

La sala era pálida y blanca. Clínica. Y me sentía como si estuviera en una sala de emergencias, no en un centro de procesamiento de novias; pero cuando estabas a punto de entregar tu vida para ser la esposa de un alienígena, supongo que hacían las cosas de un modo diferente.

Sus dedos se movieron sobre una pequeña tableta, demasiado rápido como para poder seguirle la pista; y sinceramente no me importaba lo que hiciera mientras la estúpida cosa de emparejamiento funcionara. Lo cual, noté, ni siquiera sabía si sucedería.

—¿Ha funcionado? ¿Tengo una pareja?

Juro que mi corazón se detuvo mientras esperaba por su respuesta.

—Oh, sí. Por supuesto que lo tiene.

Me estremecí, suspirando en voz alta, demasiado notable hasta para mis propios oídos, y ella posó una mano sobre mi hombro con un ademán amistoso.

—Lo lamento, no me percaté de que estaba preocupada sobre eso. Ha sido asignada al planeta Atlán.

No sabía nada sobre Atlán, pero eso no impedía que sintiera la llama de la esperanza extendiéndose por mi cuerpo como un incendio. Tenía pareja. Vaya.

—Y esta cosa del emparejamiento... ¿Está segura de que el alíen querrá que sea su compañera? ¿Está segura de que el proceso funciona?

—Absolutamente.

Me dio una palmada en el hombro una vez más, y volvió a prestar atención a su pantalla.

—¿Incluso para chicas como yo?

Maldición. Mi miedo más profundo se había escapado de mis labios antes de siquiera poder detenerme.

Eso hizo que se parara en seco, y me miró a los ojos.

—¿A qué se refiere cuando dice chicas como yo? ¿Está casada? Porque esa era una pregunta que debía responder bajo juramento. Si ha mentido, no puedo procesarla.

¿Casada? Como si eso fuera posible.

Suspiré. Vaya. ¿Tendría que deletreárselo? Con su cuerpo talla S y sus pechos de copa C, probablemente nunca se había preocupado por ser deseada. Miré sus preocupados ojos grises y decidí que, en efecto, tendría que deletreárselo. Maldición. Tomé una bocanada de aire y reuní valentía para escupir las palabras tan rápido como pudiese.

—Chicas como yo. Chicas grandes.

Ella levantó las cejas, como si estuviera sorprendida; y su

mirada escaneó rápidamente mi cuerpo extra grande de arriba abajo, antes de volver a posarse sobre mi rostro. Su sonrisa fue una de las mejores cosas que he visto.

—No te preocupes por ser demasiado pequeña para un atlán, cariño. Sé que para un señor de la guerra atlán parecerás más pequeña de lo normal, pero eres su compañera asignada. Seréis perfectos para el otro.

—¿Demasiado pequeña?

¿Me estaba tomando el pelo? No había podido comprar ropa en una tienda desde cuarto año.

—Las mujeres de Atlán son por lo menos un cuarto de metro más altas que la mujer promedio de la Tierra, y los atlanes necesitan que sus mujeres sean lo suficientemente fuertes para domarlos.

—¿A qué se refiere con domarlos?

—No son humanos, Tiffani. Los guerreros atlán tienen una bestia que vive en su interior. Cuando están luchando en una batalla, o cuando quieren follar, entonces la bestia sale. Considere que es un planeta lleno de hombres como el increíble Hulk. Puede que sea un poco más pequeña de lo habituado, pero la fortaleza es tanto mental como física. Será perfecta para él.

Mi mente se enfocó en la enorme mano que había sujetado mis caderas, en el enorme miembro que me ensanchaba, en el gigantesco pecho apoyado contra mi espalda...

Me estremecí con anticipación. Sí. Quería eso de nuevo. Si así era un hombre de Atlán, entonces me atrevería. Absolutamente.

—Bien. Estoy lista.

Soltó una risa.

—No tan rápido. Primero debemos repasar algunos protocolos rutinarios. Para que quede constancia, por favor diga su nombre.

—Tiffani Wilson.

Asintió.

—¿Está usted, o ha estado alguna vez casada?

—No.

—¿Ha tenido hijos biológicos?

—No.

Sus dedos se movían mientras proseguía, con voz monótona y artificial, como si ya hubiese pronunciado las mimas palabras miles de veces.

—Al ser una novia, nunca más regresará a la Tierra, pues ha sido asignada a Atlán; y cualquier tipo de viaje será determinado y controlado por las leyes y costumbres de su nuevo planeta. Renunciará a su ciudadanía de la Tierra y se convertirá en una ciudadana oficial de su nuevo mundo.

Maldición. Sus palabras me azotaron como una ráfaga de aire frío, y la magnitud de mi decisión me dio de lleno. ¿No sería una ciudadana de la Tierra? ¿Cómo era eso posible?

Me sentía fría, el pánico subió por mi columna vertebral y me heló mientras la pared que estaba a mi izquierda se corría, abriéndose para revelar una pequeña cámara iluminada con una resplandeciente luz azul.

—Esto...

—Su retribución por unirse al programa será donada a la Wisconsin Humane Society de Milwaukee, ¿correcto? —preguntó, como si no pudiera percibir mi creciente preocupación.

¿Dejaría de ser una ciudadana de la Tierra? Quería un compañero, pero quizás había ido demasiado lejos.

—Señorita Wilson.

—Sí, done la retribución.

No necesitaría el dinero pues *ya no sería una ciudadana de la Tierra*, y no tenía nadie que me importara a quien quisiera dárselo. Había perdido a mi gato calicó de quince años, Sofie, debido a la leucemia. Mis padres estaban muertos, mis primos vivían al otro lado del país, en California, y no éramos nada cercanos. Estaba sola en el mundo, sin nada que perder.

Mi silla se deslizó hacia un lado y un enorme brazo metálico salió desde el lugar en la pared en donde estaba anclado para dirigirse hacia mí, y tenía algo que parecía ser una jeringa gigante en la punta. Me hice a un lado, tratando de evitarla.

—No se preocupe, Tiffani. Solo va a colocarle sus UPN.

—¿Qué demonios es eso?

Le eché un vistazo a la jeringa con una gran sensación de inquietud.

—Unidades de Procesamiento Neuronal. La ayudará a aprender y comprender el idioma atlán.

Vale. Me quedé inmóvil, y apreté las manos con tanta fuerza que mis nudillos se volvieron blancos. ¿Así que era como un traductor universal estilo *Star Trek*? Como sea.

La jeringa penetró en mi piel, justo detrás de mi sien, y me mordí los labios, tratando de ignorar el dolor mientras el dispositivo se retiraba rápidamente, rotando hacia mi lado izquierdo y repitiendo el mismo procedimiento.

Cuando volvió a donde estaba al principio, dentro de la pared, mi silla se tambaleó y comencé a hundirme en una cálida piscina llena de agua cristalina y celeste.

—Su procesamiento comenzará en tres, dos...

Cerré mis ojos. La adrenalina hizo que mi corazón comenzara a latir con fuerza mientras esperaba que dijese "uno". Esperé, y esperé.

Suspiró.

—Otra vez no.

Mi silla dejó de moverse y abrí mis ojos para verla fruncir el ceño. Se dirigió rápidamente hacia un panel que estaba en la pared mientras yo la observaba.

Mis ojos se abrieron con miedo y confusión.

—¿Qué sucede?

Me miró brevemente, y luego apartó la mirada, sin hacer contacto visual.

—Hay un problema en el centro de transporte de Atlán. Lo lamento. Esto solo ha ocurrido una vez.

Perfecto. No me querían. Lo sabía, podía sentirlo en mi interior. Mi corazón colapsó. ¿Y qué con toda la esperanza a la que había dado rienda suelta? ¿La esperanza de finalmente encontrar a un hombre que en realidad me *quisiera*, que pensara que era hermosa, sensual, y deseable? Se había esfumado, y los sobrantes eran como navajas afiladas hiriendo mi estómago; y era aún peor porque me había atrevido a esperar algo distinto.

—Bien. Suélteme para poder irme a casa.

Sacudió la cabeza, ignorándome mientras le hablaba a alguien en la pantalla; alguien que no podía ver. Podía oír la voz del otro lado de la conexión. Era una voz femenina, pero no podía comprender sus palabras, solo las de la guardiana.

—¿Qué sucede, Sarah? —dijo, hizo una pausa y escuchó—. ¿Qué? Pero eso es imposible.

Otra pausa.

—Ya veo. ¿Entonces qué quiere el señor Dax que haga al respecto?

Percibí la creciente inquietud en su voz.

—No, tiene una compañera y es humana. Está atada a la silla ahora mismo, lista para el procesamiento.

Hubo una pausa larga.

—No puedo. Los permisos para el transporte han sido automáticamente desactivados por el sistema. Necesitaré unos nuevos —suspiró—. Bien. Dame cinco minutos.

La guardiana se despidió y se acercó a mí con el ceño fruncido y los labios apretados. Sus hombros estaban tensos y sus pasos eran cortos y pausados, como si sus músculos estuviesen tan tensos que casi no podía moverse.

—¿Qué sucede? Dígame lo que está ocurriendo.

Traté de zafarme de las esposas, y la guardiana alzó su mano con ademán tranquilizador.

—Han perdido a su compañero, el comandante Deek, a causa de la fiebre de apareamiento.

Eso no era lo que me había esperado. Asumí que diría que mi compañero había cambiado de parecer. ¿Pero fiebre de apareamiento?

—¿Qué significa eso?

Suspiró, y dejó caer sus manos.

—Los guerreros de Atlán son enormes; son los guerreros más grandes y fuertes de toda la flota de la Coalición.

Mi sexo se contrajo al oír sus palabras. Oh, claro que sí, sabía con exactitud lo enormes que eran.

—¿Y entonces?

—Entonces, como ya lo expliqué, también tienen la habilidad de entrar en algo que llaman modo bestia; se hacen más grandes y fuertes en medio de una batalla, o cuando están...

—¿Follando?

Los graves y retumbantes gruñidos que había oído en el sueño de procesamiento, junto con la conversación monosilábica, cobraban cada vez más y más sentido. Modo bestia. Vaya, eso era tan excitante.

—¿Entonces? Son como Hulk cuando están enojados. Comprendido. Ya me ha dicho eso. ¿Cuál es el problema?

—Si esperan demasiado tiempo para reclamar a una compañera, pierden el control de su bestia interior. Se transforman y no pueden controlarse. Se sabe que matan a sus propios amigos y aliados, hombres junto a los cuales han luchado por años. En ese punto nadie puede salvarlos. Solo reconocen y responden ante una persona en todo el universo.

Esperé, conteniendo la respiración mientras terminaba su oración.

—Sus compañeras.

Me relajé, sintiendo la tensión desaparecer de mis hombros.

—Vale. Perfecto. Envíeme a su lado. Eso es lo que dice el protocolo, ¿no? Si solo reconoce a su compañera, entonces sabrá que soy yo y podrá controlar a su bestia.

Sacudió su cabeza.

—No es tan simple. Los atlanes están conectados a su compañera por medio de esposas especiales que les vinculan a nivel neurológico.

Recordé las hermosas esposas doradas alrededor de mis muñecas y sus extraños diseños.

—¿Así que necesito un par de esposas para poder ayudarle?

—Ya debes estar conectada a él, debes ser su compañera para controlar su bestia. Me temo que está perdido.

—¿Perdido? ¿No pueden encontrarlo?

—No, la bestia le ha poseído. Lo siento tanto, Tiffani, pero no tiene salvación.

¿No tenía salvación? ¿El único hombre en el universo que era perfecto para mí, que me querría y amaría y aceptaría, no tenía salvación?

—¿Entonces qué sucederá con él?

Al fin me miró a los ojos, y deseé que no lo hubiera hecho. Todo lo que vi en sus ojos era un abismo profundo, lleno de lástima y dolor.

—Mi contacto en Atlán, una novia que envié no hace mucho tiempo, dice que le ejecutarán.

2

Comandante Deek, planeta Atlán, centro de detención Bundar, bloque 4, celda 11

ME DESPERTÉ CON UN SOBRESALTO, mi cuerpo estaba húmedo por el sudor. El catre sobre el que estaba era demasiado pequeño para mi cuerpo cuando estaba convertido en una bestia, y me di la vuelta. Tres días. Había estado en este infierno por tres días. Cuando había sido testigo de la fiebre de Dax consumiéndolo, había tardado dos semanas, aumentando lentamente. Pero había sucedido en la cumbre de la batalla, y sus ataques de furia se habían confundido con la adrenalina de la lucha. Era comprensible, considerando lo que el señor de la guerra había presenciado y las cosas contra las que había luchado.

La fiebre de la mayoría de los guerreros atlán comenzaba lentamente, dándoles tiempo para encontrar compañeras antes de que sus bestias los dominaran. Pero yo no era un guerrero atlán normal, al parecer, pues había pasado de ser el comandante de un batallón a una bestia condenada en cuestión de un día.

Había sucumbido a un episodio de furia asesina en la *nave Brekk*, y fueron necesarios cuatro guerreros para inmovilizarme. El caudillo Engel, quien había venido desde Atlán de visita, y sin dudas ansioso de insistir una vez más en la cuestión de su hija soltera, había estado presente cuando perdí el control; había observado cómo atacaba a un joven guerrero prillon durante mi ataque. No podía recordar aquel incidente, pues la fiebre me había invadido completamente; pero había causado estragos en la nave. Un ataque planificado a una base cercana del Enjambre tuvo que ser pospuesto, y la ventaja que teníamos sobre el enemigo en el sector se había revertido. En la unidad médica había sido diagnosticado con complejo de bestia fase tres. Era la fase final de la degradación de un guerrero. La fase en la que mi mente recuperaría el control cada vez menos, hasta que me convirtiera en una bestia por completo y jamás volviera en mí.

No había cura para esto, excepto una unión de apareamiento. Tendría que follar a mi compañera mientras estuviera en modo bestia y correrme dentro de ella; marcándola, reclamándola, y haciéndola mía. Follar mientras fuese una bestia no era ningún problema. Podía sentirla dentro, su furia iba en aumento y buscaba una vía de escape para liberarla. Pero no tenía a ningún soldado ciborg en frente que matar, y no tenía compañera.

No tenía nada. Sería una amenaza para la seguridad si fracasaba en la misión de tomar una compañera; pues incluso en este momento, mi fiebre no se apaciguaba. Simplemente estar tumbado en la fría celda, sin estar en una batalla ni tener una mujer cerca que provocara a la bestia, el monstruo que estaba en mi interior estaba enfurecido. El sudor empapaba mi piel y mi ropa. Las cadenas simples no habían hecho nada para contenerme. Las había arrancado de la pared a los cinco minutos de mi encierro. Solo el campo de fuerza gravitacional era lo suficientemente fuerte como para retener a una bestia, y mi celda tenía ese poderoso campo de energía oculto en cada pared, el techo y el piso. La parte frontal de la celda parecía no ser más que aire, pero yo sabía que no era así; había chocado contra la pared gravitacional una y otra vez mientras estaba en modo bestia la noche anterior. Mi fuerza no pudo con ella. Mi bestia lo había intentado, pero perdió.

Y así, inmediatamente después de transportarme a mi mundo natal, de vuelta a Atlán, me habían condenado sumariamente a la ejecución. Dax me había visitado y había retrasado todo por cuatro días, esperando que la fiebre disminuyera o que apareciera una compañera.

Por la forma en que me sentía, constantemente al filo, con mi bestia merodeando dentro de mí, lista para atacar cualquier cosa que estuviera a mi alcance, sabía que la fiebre no terminaría. Me obligarían a follar a alguien. Pero la mujer que estaba frente a mí en este instante no me provocaba lujuria, sino ira.

Gruñí, dejando que la inutilidad de todo esto retumbara a través de mi cuerpo. ¿Cómo había ocurrido esto? Tenía edad para tener la fiebre, sí, ¡pero no de esta manera! No hubo signos, ni antecedentes con los hombres de mi línea familiar de perder el control como yo lo había hecho.

Mi padre murió en las guerras del Enjambre cuando yo todavía era un niño, pero luchó durante muchos años y murió con honor. Mi abuelo luchó durante casi una década y regresó a casa, tomó una compañera y aún servía en el otro lado del planeta como asesor de los miembros principales del Consejo. Ninguno de mis primos había sucumbido a la fiebre. El hecho de que me hubiera sucedido lo contrario me convertía en una mancha sobre el nombre de la familia.

Y todavía no comprendía lo que había sucedido.

La furia, casi incontrolable, me había invadido tan inesperada e intensamente que perdí el enfoque; mi mente solo se ocupaba de calmar a la bestia. No podía pensar con claridad, no podía hablar con coherencia o con alguna lógica para defenderme o apelar a mi sentencia de muerte después de atacar al guerrero prillon. Mi bestia, inquieta e irritable durante toda mi vida, se había vuelto salvaje e inconsolable.

Por primera vez en mi vida, estaba fuera de control. Y no me gustaba ese sentimiento.

La única posibilidad que me quedaba era una compañera. De alguna manera, las mujeres atlanes que pasaron por mi celda no causaban nada en mi bestia. Solteras, se ofrecían como voluntarias para calmar a las bestias dentro de los guerreros que estaban encerrados; era su última oportunidad de aparearse y acabar con la fiebre. Frecuentemente funcionaba, pero la bestia dentro del guerrero tenía que ser receptiva; debía *querer* a la hembra. Follar por placer con una mujer que fuese lo suficientemente atractiva era bueno, sobre todo para un hombre atlán; pero no era lo suficiente bueno durante la fiebre de apareamiento.

Solo reclamar a una compañera funcionaría. El guerrero en la celda contigua había encontrado una compañera digna, pues podía escuchar los agitados sonidos del sexo. Gritos salvajes de placer, choques húmedos de piel contra otra piel, y los gruñidos de la bestia retumbaban en los corredores cavernosos. Este bloque de celdas estaba casi vacío, solo tres de nosotros estábamos encerrados, y todos proveníamos de familias ricas y altamente respetadas.

Mientras mi polla latía y palpitaba, abrí la parte delantera de mis pantalones y acaricié el grueso mástil, tratando de aliviar la incomodidad. Los sonidos de gente follando me ayudaron a acariciar mi polla para correrme, pensando en una compañera que estuviese debajo de mí, con las piernas abiertas y lista para mi polla, ansiosa de que la tomara con fuerza y la hiciera mía. Podía ver sus esposas sobre sus muñecas, la conexión que se formaba cuando mi semilla se derramaba dentro de ella. Pero no podía ver su rostro. Y cuando mi semen salpicó mi mano y cayó sobre el suelo, la fiebre no disminuyó. Tampoco mi necesidad por la compañera sin rostro que sabía que no podría salvarme –y que no me salvaría.

Rasgando mi camisa, la usé para limpiar el semen de mis dedos; la dejé caer al suelo y puse mi pie sobre ella para limpiar el estanque que había derramado. Metiendo mi polla, aún erecta, en mis pantalones, respiré profundamente varias veces.

La intensidad en mi sangre, la ira salvaje no disminuyó en lo absoluto. Maldición. Si no podía superar esto sería ejecutado. Y quizás eso era algo bueno. Mi bestia era como una furia en mi mente, un animal salvaje arañando su celda, dispuesta a morir para ser liberada.

—Comandante, se ve... bien.

Mi cabeza se movió rápidamente al oír el saludo aprensivo. Tenía razón en cuanto a temerme. En el otro lado de la pared gravitacional se encontraban el caudillo Engel Steen y su hija, la belleza de Atlán que esperaban fuera mi compañera desde los cinco años: la hermosa Tia. Mi bestia todavía no sentía interés por ella, y yo había aceptado hace ya mucho tiempo que no era mi compañera ideal. Ambos me miraron como si fuera un animal exótico en un zoológico. Tal vez lo era, atrapado detrás de la pared gravitacional y contemplado por extraños, constantemente bajo vigilancia. El sonido de una unión que se estaba formando se reanudó desde la siguiente celda, y las mejillas de Tia se tornaron de color rosa por la vergüenza; su excitación inundaba el aire mientras yo la observaba, contemplando su vestido amarillo y la hinchazón de sus amplios pechos, esperando que mi bestia se calmara, que mostrara el menor interés en una mujer.

En la celda cercana, la mujer recién emparejada gritó al llegar a su orgasmo mientras el guerrero bestial gruñía. Cuando cesaron los gruñidos, supe que la fiebre del guerrero se había calmado instantáneamente. Saldría pronto de su celda, apaciguado y emparejado. Un guerrero libre, una vez más.

No me importaba que el atlán hubiese follado con una mujer dispuesta, que hubiese sentido su exuberante cuerpo debajo de él, ni que hubiese disfrutado del calor húmedo de su sexo; pero estaba extremadamente celoso de que la bestia en su interior finalmente fuese apaciguada. Parecía que nada complacería a la mía. Ponía a prueba mi control en cada momento de cada día, como si ya estuviera rabioso, sin posibilidad de salvación. E incluso ahora, teniendo a una mujer dispuesta de pie ante él, merodeaba en la jaula de mi mente, insatisfecho con lo que ella le había ofrecido. Mi parte lógica sabía que debería tomar lo que me habían ofrecido docenas de veces, chocar a Tia contra la pared y follarla, permitirle que me esposara y que hiciera todo lo posible por controlarme cuando la bestia se enfureciera al notar las cadenas.

Pero incluso mientras pensaba en aquella posibilidad, mi bestia gruñó a modo de advertencia. No estaba interesado. Él no reconocería a esta mujer como su compañera, no sería domado por su presencia.

—Ese podrías ser tú —dijo Engel, ladeando su cabeza en dirección a la otra celda, y luego observando a Tia con una pregunta obvia plasmada en sus cejas arqueadas.

Era una pregunta que no podía responder. La bestia escogía a la compañera, no yo; y no quería a Tia.

Follarla no haría que eso cambiara. Durante años me había reído al oír la absurda afirmación de los otros guerreros que conocía y que habían tratado de explicarme este hecho. Les había ignorado, y lo había pagado caro. Ahora la bestia estaba a cargo. Todo lo que podía hacer era reclinarme y agradecer a los dioses que me hubiesen permitido tener el control durante el tiempo suficiente para deshacerme de mis visitantes.

Tia se acercó más a la pared gravitacional, y el aroma de su aceite de baño, especias y flores de nerdera me envolvió cuando el sistema de filtración de aire atraía sus aromas combinados dentro de la celda.

La repulsión hizo gruñir a mi bestia. No. La había conocido toda mi vida y ambos sabíamos que no sentía ningún deseo por ella. La admiraba y la respetaba, pero mis sentimientos por ella eran similares a los de un hermano. Mi bestia se negó a excitarse por ella. De hecho, se enojaba más cada vez que aparecían con las mismas palabras, las mismas tentaciones. Engel quería que fuese la pareja de su hija. Mi bestia no la aceptaría. Se lo había dicho al hombre miles de veces.

—Hemos venido a ofrecerte una segunda oportunidad —continuó—. Serás ejecutado en tres días, comandante. Sin duda todos preferíamos evitar eso.

—¿Segunda oportunidad? —dije, con voz áspera y profunda, tan desconocida hasta para mí mismo.

Más que una segunda, era como una vigésima oportunidad; pero me mordí la lengua.

—¿No lo recuerdas? —preguntó Tia, con los ojos enfocados en mi pecho desnudo.

No pude pasar por alto su interés ni su deseo al ver mi cuerpo. De hecho, podía oler la húmeda bienvenida de su sexo, pero mi bestia se escondió, oponiéndose a sentirse tentada.

Era una mujer alta, hermosa. El ejemplo perfecto de una novia Atlán. Su cabello oscuro ondeaba libremente por su espalda y su largo vestido amarillo; el entrelazado de oro que perfilaba sus senos perfectos demostraba a la perfección tanto su condición como rica de la élite atlán, como su piel de tono oscuro. Era extremadamente hermosa, pero mi bestia no quería tener nada que ver con ella. Sería mucho más fácil si lo hiciera.

Temiendo hablar, temiendo que mi bestia enloqueciera o gruñera, negué con la cabeza.

—Tu bestia se apodera más de ti con cada día que pasa,

comandante. Vinimos ayer. Tia se ofrece a ti para ser tu compañera. Deja que te salve.

—Entonces debería hablar por sí misma.

No podía tragarme las palabras, pues Engel no la habría acompañado si él no tuviera sus propias intenciones. Solo que yo no las conocía. Como miembro de la clase gobernante, había estado a cargo de envíos y suministros interplanetarios durante más de una década. Era un hombre muy poderoso, rico y bien conectado; un veterano de diez años en las guerras del Enjambre. Engel no vendría aquí para empeñar a su hija, para esperar mientras una bestia la follaba solo para conseguirle un compañero. Ella tenía una selección de compañeros.

—¿Por qué yo?

Las mejillas de Tia se volvieron de color carmesí, y se mordió su relleno labio inferior con un movimiento que había practicado y perfeccionado bien. Lo conocía. La había visto tentar muchas veces a guerreros con esa mirada antes de unirme a la flota de la Coalición.

—Estoy dispuesta a hacerlo, Deek. Sabes que me he preocupado por ti desde que era niña. Nos conocemos desde hace años, y deseo esta unión. Encuentro que eres... atractivo. Nos veríamos bien juntos.

La confesión de Tia me sorprendió, a mí y a mi bestia. Aunque pudiese estar interesada, a mi bestia nunca le había parecido relevante. Sabía que el deseo de la bestia cobraría vida cuando encontrara a la compañera correcta, sin embargo, eso no había sucedido. Había follado a muchas mujeres, pero Tia no solo quería una follada con un guerrero condenado. Quería ser mi compañera. Quería el para siempre. Quería que le diese el control de mi bestia.

—¿Por qué yo, Tia?

—Eras mi mejor amigo. Siempre has sido tú, desde que éramos niños en la guardería. Sabes que te seguía como si fuera tu propia sombra. Siempre. No quiero que mueras, Deek.

Por favor. Quiero pasar el resto de mi vida a tu lado, como tu compañera.

Mi bestia cobró vida.

—No —gritó, asomándose a la superficie.

Mi piel se tensó y la ira de la bestia corrió por mis venas. Los músculos de mi cuello sobresalieron, y los de mis brazos y mi espalda se alargaron, expandiéndose para hacerle espacio al monstruo que amenazaba con liberarse. Lo contuve, apenas manteniendo el control mientras Tia soltaba un grito ahogado, apartándose de la pared gravitacional.

—Entonces morirás —dijo Engel, entrecerrando sus ojos, llenos de un nivel de odio que jamás había visto en él.

No era mi intención lastimar a Tia, pero la bestia tenía el control ahora, y la bestia estaba harta de que le precipitasen a la misma mujer una y otra vez, a pesar de su rechazo.

Respiré hondo, tratando de calmar mi corazón palpitante para poder responder.

—La tomaría aquí, la follaría contra la pared. No sería delicado. La lastimaría, Engel; su presencia no alivia mi furia. ¿Quieres eso para Tia? —le pregunté, apretando las manos.

Tia posó su mano sobre el hombro de su padre.

—Déjame hablar con él, padre.

Engel asintió, me lanzó una mirada dura, y desapareció.

Tia se quedó. Caminó hacia un lado de la pared gravitacional y sacó un pequeño saco negro de su bolsillo, colocándolo en la ranura que se utilizaba para entregarme objetos sin el riesgo de desactivar el escudo protector de la pared gravitacional. Presionó un botón, y el pequeño cajón se deslizó por la pared para aparecer en mi lado de la celda.

Abrí la compuerta, y miré hacia abajo para encontrar la posesión más valiosa de mi bisabuela; una reliquia de la familia que había pasado al linaje familiar de Tia hace tres generaciones. Sabía lo que había dentro del saco, sin embargo, no pude resistirme a abrirlo y sentir la riqueza de las espirales de oro sobre mi mano.

Lo miré, y luego la miré a ella.

—¿Por qué me das esto?

—Temes ser demasiado brusco conmigo, temes que la bestia dentro de ti me lastime. Esto es un presente para la bestia. Quizás tocar algo que ha estado en contacto con mi piel alivie tu fiebre, aunque sea un poco.

Levanté el collar. Las pequeñas y elaboradas espirales de oro y grafito eran frías al tacto, y lisas. Si me había entregado el regalo para apaciguarme, no estaba funcionando. Nada que me diese Tia funcionaría, pues no era mi compañera. Mi vida sería mucho más fácil si mi bestia la aceptara. Pero se negaba a hacerlo.

Guardé el collar en el saco, y se lo devolví a Tia usando el pequeño cajón.

—Tia, consérvalo. Cuando encuentres al compañero con el que estás destinada a estar, ni el collar ni tus deseos serán rechazados.

—Por favor, Deek. Inténtalo, por lo menos...

Se llevó una mano al hombro, bajando parte de su vestido y descubriendo su hombro, su cuello, y la mayor parte de su seno.

—No.

Mi voz subía de tono mientras hablaba, la bestia estaba impaciente por hacerla callar. No era mi compañera, y la bestia ardía en deseos de asegurarse de que no volviese. No tenía ánimos de desperdiciar el poco tiempo que me quedaba dándole falsas esperanzas.

—Éramos amigos cuando niños, Tia. Pero he estado fuera por mucho tiempo. No soy el mismo hombre que partió. Y por mucho que desee que lo seas, no eres mi compañera. La bestia puede oler tu deseo, el húmedo calor de tu sexo. No te desea. No nos permitiremos tocarte. Lo siento.

Una llamarada de ira ardió en sus ojos mientras alzaba su mentón, y vi el destello de la pequeña revoltosa que recordaba tan bien.

—¡Eres tan obstinado, Deek! Dile a tu bestia que haga silencio y acepte lo que le están ofreciendo.

—No puedo. No funciona de ese modo.

—¿Por qué no? ¿Preferirías morir?

—No es mi elección. La bestia tiene el control ahora. Si mi verdadera compañera no aparece, si ella no puede aliviar la fiebre, si mi bestia no se entrega a ella, entonces sí; muero voluntariamente. No puedo vivir con esta fiebre devorando mi sangre.

Estaba preparado para la muerte; incluso la esperaba. La expresión de asombro de Tia me sorprendió. ¿Por qué la angustiaba mi honestidad? ¿Esperaba que cambiara de parecer y que la tomara por desesperación? La bestia no permitiría que eso ocurriese. La bestia prefería morir, y probablemente lo haría. El caudillo Engel tenía razón en algo... Se me estaba acabando el tiempo.

Frunció los labios como si fuese a decir algo más, pero no lo hizo. Cogió el collar y me observó por un minuto, que se sintió como una eternidad.

—Adiós, Deek. Espero que encuentres lo que buscas. Y si cambias de opinión, he dejado mis datos con los guardias.

—Gracias, Tia. Pero no cambiaré de parecer.

Asintió. Dándose la media vuelta, se acomodó su vestido para cubrirse y salió de mi vista. Sabía que no regresaría.

La lógica que me quedaba se preguntaba si realmente había sido mi última oportunidad de sobrevivir.

La bestia en mi interior decía que no. No la quería. No le gustaba nada de ella. Jamás le había gustado.

Y, aun así, la bestia seguía furiosa, reclamando por su compañera.

Me tumbé sobre la cama, apoyando mi cabeza en mis

manos. La bestia hacía presión contra mi mente como un tsunami aproximándose a la orilla para acabar con la poca cordura que me quedaba.

Mi compañera no vendría, y yo moriría.

Tiffani

—¿Ejecutarle?

Tiré de las correas que me ataban a la mesa de la sala de procesamiento en un inútil acto de pánico.

—No. No pueden matarle.

La sonrisa de la guardiana Egara era una triste.

—Me temo que esa es la costumbre atlán. Cuando la fiebre de apareamiento consume a un hombre, no hay redención.

—¡Pero tiene una compañera! ¡Yo! Yo puedo redimirle, salvarle. Lo que sea —le rogué.

Tenía que haber algún error. Esto no podía estar sucediendo. Tenía un hombre que me quería, ¿e iban a ejecutarlo? Me parece que no.

—Envíeme hasta allá. El protocolo nos ha unido. Oficialmente, según la ley alíen, él es mío. ¿No es verdad? Ya soy su compañera. ¿Eso no me da algún tipo de derecho? Tengo el derecho a verle. Exijo verle.

Sus cejas se arquearon exageradamente, mientras consideraba algo por un largo rato. Miró por encima de su hombro y habló:

—¿Puedes oírla, Sarah?

La guardiana asintió, escuchando. Estaba teniendo una conversación con alguien en el otro extremo del universo. Si no estuviese en un centro de procesamiento, habría pensado que estaba loca. Especialmente porque *yo* no podía comprender ni una sola cosa de lo que la mujer estaba diciendo. Su voz era demasiado débil, y todo lo que oía era el martilleo de la ira en mis oídos.

—¿Y si algo sale mal?

Una voz grave y estruendosa vino desde el altavoz, mucho más fuerte y autoritaria. Me recordaba a la voz de mis visiones, y un estremecimiento de deseos reavivados recorrió mi piel.

—No hay lugar para equivocaciones. Si viene, deberá tener la valentía para llevar la misión a cabo. Si fracasa, él morirá —dijo la voz con un estruendo, haciendo que me sobresaltara.

La guardiana Egara se volvió hacia mí, y reforcé mi determinación. Nadie, y lo decía en serio; nadie me iba a arrebatar esto.

—No fracasaré. Es mío.

La guardiana asintió, mirando nuevamente la pantalla para dirigirse al enorme hombre atlán que podía oír, mas no ver.

—Creo en ella, caudillo. Creo que deberíamos darle una oportunidad de salvarlo.

—Muy bien. No estoy listo para renunciar al comandante. Envíala con nosotros. La ayudaremos a entrar para verle.

La guardiana Egara hizo una reverencia antes de responder, como si le estuviese hablando a la realeza o algo parecido.

—Como desee, señor Dax. Si tiene los códigos para el transporte, la enviaré de inmediato.

—Deben llegar en cualquier momento.

Mientras hablaba, las luces azules que estaban a mis espaldas comenzaron a iluminarse y a brillar; y mi silla comenzó a moverse.

—¿Qué ocurre?

—Recibidos. Gracias. La compañera del comandante está en camino.

La guardiana Egara cortó la llamada y se dirigió hacia mí con una sonrisa triste en su rostro.

—Buena suerte, Tiffani. Te enviaré junto al señor de la

guerra Dax y su compañera, Sarah. Ella viene de la Tierra, y ha sido emparejada no hace mucho. Te ayudarán a escabullirte para ver a tu compañero.

Eso no sonaba bien. Sonaba ilegal. Peligroso.

—¿Escabullirme? ¿Por qué tendría que hacer tal cosa?

—Está en una prisión atlán, cariño. Condenado a pena de muerte, como nosotros lo llamamos. Y no eres una mujer atlán, ni un miembro de su familia.

Eso no tenía sentido. No había cometido ningún crimen, excepto el de que su naturaleza genética siguiera su curso. ¿Pero cometería un delito solo con verle? ¿Sería yo quien rompiera las reglas?

—Pero soy su compañera. Y ha dicho que ahora soy una ciudadana de Atlán, ya no soy una ciudadana de la Tierra. Deben permitirme verlo. No debería tener que escabullirme en ningún lado.

Asintió.

—Eso es cierto, pero las reglas son las reglas. Y solo las mujeres atlanes pueden entrar en los centros de detención. Buena suerte. Espero que tus intentos sean suficientes para salvaros a ambos —revisó su tableta una vez más, y tuve una sensación de déjà vu mientras ella alzaba su mano para hablar —. Cuando despiertes, estarás en Atlán. Tu procesamiento comenzará en tres... dos...

Me puse tensa, esperando por la próxima palabra; y me pregunté en qué rayos me había metido ahora. ¿Escabullirme en una prisión? ¿Pena de muerte? ¿Modo bestia? Demonios.

—Uno.

La luz azul se iluminó, y bajé hasta sumergirme en el agua cristalina. Cuando cerraron la puerta que daba hacia la sala de examinación, encerrándome, me sentí como si estuviese dentro de un huevo. Cerré los ojos y aguardé, aterrorizada por lo que ocurriría luego, pero cuanto más tiempo estaba dentro del agua, más relajada me sentía.

¿Me estaban drogando? La idea de escabullirme en una prisión no sonaba tan mal. Tampoco un compañero que era mitad bestia. Me sentía... relajada.

Cuando mis párpados comenzaron a cerrarse con una necesidad irresistible de dormir, me di cuenta de que, en efecto, me estaban dando algo para sentirme bien; fuese en el agua, o en el aire; y realmente no me importaba.

3

Tiffani, planeta Atlán; fortaleza de Dax, señor de la guerra

M E DESPERTÉ en una cama suave que hacía que mi colchón extra grande pareciera una cama doble. Una tela tan suave como la seda rozó mi mejilla, y acaricié la suave tela color crema mientras miraba alrededor de la habitación. Había aterrizado en medio de un castillo de cuento de hadas. La habitación era más grande que todo mi antiguo apartamento de un solo cuarto; las paredes parecían mármol de color azul y gris pálido. Alfombras de felpa con imágenes de pájaros de extraños colores y árboles cubrían el piso, y un enorme dosel pendía sobre la cama, haciéndome sentir como si estuviera en una casa-club secreto.

Diseños elaborados decoraban molduras de corona blanca con espirales de oro y peltre gris, que lucían extrañamente similares a los brazaletes que había usado en mi sueño. Y todo, desde el sofá y la silla al otro lado de la habitación, hasta las almohadas, era de un tamaño más grande de lo normal. Me preguntaba qué tan grandes serían realmente estos guerreros de Atlán. ¿Y qué tan grandes serían sus mujeres? Un niño humano necesitaría una pequeña escalera para poder subirse a ese sofá.

—Estás despierta.

La voz era amable, femenina y hablaba en mi lengua. Me di la vuelta para ver a una pequeña mujer de pelo castaño sonriéndome. Estaba vestida como una princesa con un vestido verde y dorado, con el pelo recogido en la parte superior de su cabeza en un elaborado peinado que yo nunca podría aspirar a dominar. Sus ojos eran de color café cálido; llenos de simpatía cuando me miraron.

—¿Cómo te sientes con la cabeza? Esas UPN pueden llegar a ser terribles durante los primeros días.

—¿UPN?

Parpadeé, y traté de incorporarme. Al hacer ese movimiento, un chispazo de dolor, como si un punzón estuviese perforando mi sien, me hizo gruñir.

—Sí, eso pensé —sonrió, y se inclinó hacia adelante con una brillante vara azul en sus manos, la cual movió cerca de mi rostro—. No te muevas. La varita ReGen ayudará a aliviar tu migraña.

—Gracias.

Me quedé quieta, pero mis ojos seguían los movimientos de la varita, de un lado a otro, preguntándose qué demonios estaba haciendo. Pero parecía que ayudaba, y la migraña se desvaneció. Junto a ella desapareció la náusea. Y un par de momentos más tarde, afortunadamente, la sala dejó de dar vueltas. Necesitaba una de esas cosas.

—La UPN es un traductor. Aunque yo evidentemente hable inglés, los atlanes no. Te permite entender todas las lenguas. ¿Mejor así? —preguntó.

Asentí, no sentía ni un ápice de dolor.

Apartó la varita ReGen y de algún modo la apagó, colocándola sobre una cómoda decorativa con manchas de oro, junto a la cama, antes de extender su mano derecha.

—Soy Sarah.

—Tiffani.

—Encantada de conocerte.

Estrechó mi mano; su apretón era cálido, pero firme, y me percaté de las cintas de oro con tallados elegantes que estaban en sus muñecas.

—¿Entonces también estás con un atlán?

Su sonrisa era gigante, y me dio esperanzas.

—Sí. Dax es todo mío. Comenzamos con el pie izquierdo, pero me encanta vivir aquí. Entonces dime, ¿cómo está todo en la Tierra?

Parecía una pregunta extraña, pero es que ya no estaba en la Tierra.

—Esto, bueno, igual que siempre, supongo.

—¿De dónde eres?

—Wisconsin.

Sarah asintió.

—Yo era hija de un militar. Me mudé tanto, que en ningún lado me sentí como en casa realmente. Extraño la Tierra, pero al mismo tiempo no. Pertenezco a este sitio, y pronto tú también te sentirás así.

Me moví hacia el extremo de la cama y miré mi cuerpo. Tenía puesto un vestido similar al de Sarah, pero en vez de verde y dorado, este era de un color borgoña oscuro; sabía que haría que los reflejos rojizos de mi cabello realzaran. Me quedaba a la perfección, y me pregunté en dónde habrían conseguido la maldita cosa. No era como si pudiese comprar ropa tan fácilmente en cualquier tienda de la Tierra, y definitivamente no había ido de shopping en Atlán mientras dormía. A diferencia de Sarah, mis muñecas estaban desnudas.

Debió haberme leído la mente.

—Ah, ¿no es un color perfecto? Hace resaltar tus ojos.

—Sí. Yo... gracias. ¿Pero en dónde lo has conseguido?

Se incorporó, y comenzó a dar vueltas junto a la cama. Iba de un lado a otro, y me puso nerviosa de nuevo.

—No te preocupes. Se lo hemos pedido prestado a la hermana de Deek. Tiene más o menos tu talla, que es pequeña para un atlán; pero servirá hasta que podamos conseguir una costurera aquí que tome tus medidas.

¿Pequeña para un atlán? Así que la guardiana Egara no me estaba tomando el pelo.

Me corrí al otro extremo y me incorporé, tratando de sentir mis piernas. El vestido era algo largo, pero muy favorecedor. Ceñía mis grandes pechos, y tenía una cinta de oro entrecruzada en la parte frontal que los hacía resaltar. Había visto prendas similares en programas de televisión sobre los antiguos romanos o griegos, que vestían togas.

—¿Se visten como los antiguos dioses griegos?

Sarah estalló en risas mientras yo inspeccionaba mi vestido.

—Solo las mujeres. Espera a que veas a estos chicos en sus armaduras. Madre mía, que son unos bombones —movió sus cejas de arriba abajo—. No podrás quitarle las manos de encima a tu hombre.

Eso sonaba bien, pero me hizo recordar mi propósito.

—Hablando de mi compañero, la guardiana Egara dijo que están programando su ejecución.

Aquello hizo que Sarah se parara en seco, y se volvió hacia mí.

—Sí. No tienes mucho tiempo para salvarle. Será ejecutado en tres días si no acepta una compañera y demuestra que puede controlar su bestia. Dax está a su lado, pues son buenos amigos. Han luchado juntos en la guerra contra el Enjambre desde hace mucho tiempo. Probablemente debe estar dando vueltas en este instante. Llevamos un siglo esperando a que te despiertes.

—¿Por cuánto tiempo he estado inconsciente?

—Medio día. El tiempo aquí es muy similar. Sus días duran veintiséis horas, pero yo siempre fui noctámbula, así que los días largos no me molestan.

—Vale.

Eso no me importaba en estos momentos, pero lo archivé en mi mente para otro momento. Tenía tres días —y dos generosas horas extra por cada día— para salvar a mi compañero y controlar su bestia.

No estaba segura de cómo hacer eso, pero estaba dispuesta a hacer cualquier cosa. El guerrero atlán era mío, y no iba a dejar que nada le pasara.

—Vamos. La guardiana Egara dijo que me ayudarías a entrar a la prisión para verle.

Sarah se dirigió hasta la puerta y la abrió. Fui detrás de ella, saliendo de la lujosa habitación para llegar a un largo vestíbulo; parecía como si se le hubiera dado acceso ilimitado a dinero a un decorador de la realeza. Los artefactos que cubrían el vestíbulo no me eran familiares; tampoco los vasos y mesas talladas, los murales pintados y las flores frescas por doquier, de todos los colores que se pudieran imaginar. No sabía cómo les llamaban a estas cosas, pero reconocía la presencia de dinero cuando lo veía.

Me aclaré la garganta.

—Entonces, ¿eres una princesa o algo así? Me siento como si estuviera en el castillo de la Cenicienta.

Eso la hizo reír.

—Sí. Dax es un famoso señor de la guerra. Cuando los hombres atlanes regresan de la guerra, les tratan como a reyes. Tenemos otro castillo en las tierras del norte que todavía no he visto; y hay más tierras, títulos, y dinero del que puedo comprender.

Si estuviésemos en la Tierra y la hubiese escuchado

hablando de ese modo, pensaría que estaba regodeándose; pero no parecía ser de ese tipo de personas.

Tras un momento quedé en shock. Conocía a muchos veteranos que al terminar la guerra habían regresado a casa quebrados y sin lugar donde quedarse.

—¿Cómo se dan el lujo de hacer eso por cada veterano? Es increíble.

Sarah me miró sobre su hombro con tristeza, y abrió otra puerta.

—No muchos vuelven con vida. Están en las líneas de combate contra el Enjambre, luchando en el terreno. Sé cómo es eso. He estado allí, yo misma fui un soldado de la Coalición. Luchan como demonios, pero o los matan en la batalla, o pierden el control de sus bestias. Quienes vuelven a casa son los guerreros más fuertes, y les tratan como dioses.

Sonreí.

—¿Entonces estás casada con un dios?

Su sonrisa rebosaba picardía.

—Sí. Y tú también.

Sujetó la puerta, y la seguí hasta un comedor con una mesa en la que podrían sentarse hasta treinta personas. Las sillas tenían un respaldar alto hecho de un tipo de madera negra que nunca antes había visto. En el extremo de la mesa estaba sentado un gigante.

Se puso en pie, y me detuve en seco. Joder, que era enorme. Medía unos dos metros, y sus hombros eran el doble de gruesos que los míos. Estaba vestido con una armadura negra que se ceñía a su figura y abrazaba cada uno de sus músculos; desde sus abdominales marcados hasta sus muslos, y sabía que me había quedado boquiabierta, pero no podía evitarlo.

Sarah cerró la puerta detrás de nosotras y dio una vuelta para aterrizar en los brazos de su compañero. Ella medía un metro setenta, probablemente; y lucía como una niña a su lado.

—Bienvenida a nuestro hogar, Tiffani. Yo soy el guerrero Dax.

Su grave voz retumbó por todo mi cuerpo, y habría dado un paso hacia atrás, pero Sarah envolvía sus manos alrededor de su cintura como si solo fuese un enorme oso de peluche. Aunque temía que pudiese quebrarme solo con sus manos, tenía que darle el beneficio de la duda. No hablaba mi lengua, pero mientras pensaba en aquello, el extraño procesador que habían instalado en mi cabeza traducía las palabras directamente, como si fuesen un pensamiento. Increíble.

—Soy Tiffani Wilson. Gusto en conocerte.

Me hizo una seña, indicando que debería tomar asiento, pero me sentía demasiado nerviosa. Quería ir a ver a mi compañero. Era él la razón por la que estaba aquí; y desde el momento en el que Sarah me había dicho que solo tenía tres días, sentía como si tuviese una bomba de tiempo en lo más profundo de mi cabeza. Tres días no era mucho tiempo.

En la mesa que estaba frente a él había cuatro cintas doradas. Dos eran similares a las que Sarah usaba en sus muñecas, y las otras dos eran mucho más grandes. Miré al guerrero Dax y confirmé mis sospechas. Usaba unas casi idénticas a las de Sarah, solo que más grandes.

Se dio cuenta de que lo estaba observando.

—La hermana del comandante Deek las ha traído para ti cuando dejó el vestido. Tiene grabado el emblema de la casa de Deek.

—¿Se llama Deek? —pregunté.

Era la primera vez que oía su nombre, y quería saber más.

—Sí, es el comandante atlán de las fuerzas terrestres en la *nave Brekk*. Ha estado en servicio por diez años, como yo. Salvó mi vida en varias ocasiones, y no querría verlo morir justo ahora.

Impresionante. Solo hacía que sintiera más intriga.

Me dirigí hasta la mesa y cogí la banda que tenía más cerca.

Sus espirales oscuras, del color del peltre, creaban un diseño complejo sobre el oro. Debajo, tan diminuto que era casi imposible de ver a simple vista, noté un tipo de trazado de circuitos. Confundida, aparté mi mirada de la cinta y noté que tanto Sarah como Dax estaban observándome.

—Pensé que estas cintas eran como anillos de matrimonio o algo así. Pero están llenas de circuitos de computadora. ¿Qué es lo que hacen, exactamente?

Sarah habló de primera.

—Cuando ambos los estéis usando, te unirán al comandante. No podrás alejarte más de unos cuantos pasos de él sin sentir un dolor físico extremo.

—¿Qué?

Eso era una locura total.

—¿Cómo una correa?

Sarah rodó los ojos.

—No hay una atadura física, pero confía en mí, siempre estarás cerca. Si te alejas de su lado, se siente como si estuvieras tocando una pistola eléctrica.

Abrí mi boca para protestar, pero el caudillo Dax me interrumpió.

—Él sentirá lo mismo, Tiffani. La cercanía de nuestra compañera es la única cosa que mantiene a raya a nuestras bestias. Nos alivia saber que nuestra compañera está cerca. Cuando estéis verdaderamente unidos y él haya superado la fiebre, puedes elegir si quieres usar las bandas o no. Pero al principio, funcionan como una protección. Si puedes ponérselas alrededor de las muñecas, entonces serán la mejor oportunidad que tendrás para salvar su vida.

Sin pensarlo ni un momento, llevé la pequeña banda hasta mi muñeca y la ajusté; un sentido de propósito me invadió cuando se selló. No había broche, haciendo que fuese imposible quitármelo.

Era demasiado tarde para tener dudas. Vine desde el otro

extremo de la galaxia para salvar a mi compañero. Me coloqué la segunda banda en mi otra muñeca y cogí el par más grande, alzándolos.

—Bien. ¿Cómo se las pongo?

El señor de la guerra, Dax, respiró hondo.

—Con cuidado.

Asentí.

—Vale. Hagámoslo. Estoy lista.

Sarah desapareció por un momento y regresó con un largo velo con capucha.

—Ten, usa esto.

Me coloqué el pesado velo color borgoña y uní los dos extremos que tenía al frente. Sarah asintió enérgicamente.

—Bien. Ahora ponte la capucha.

Al colocarme la capucha, esta me cubrió el rostro por casi quince centímetros.

El guerrero Dax tocó mi hombro.

—Excelente. Esconde las cintas hasta que estés dentro. Y hagas lo que hagas, no mires a nadie y no te quites el velo hasta que te demos la señal.

—¿Cuál es la señal?

Sarah prácticamente bailaba por la emoción.

—Dax tiene un amigo dentro de la prisión. También estuvo bajo las órdenes del comandante. Va a desactivar el sistema de vigilancia en la celda de Deek para que podáis estar a solas.

—¿Nos quedaremos dentro de la celda?

Jamás había pensado en eso. Cuando la guardiana Egara mencionó que me escabulliría dentro de la prisión, supuse que también quería decir que sacaríamos a mi compañero.

Sarah asintió.

—Ven. Ya es hora.

El guerrero Dax salió de la sala rápidamente mientras yo trataba de esconder las grandes bandas en un sitio donde nadie pudiese verlas.

Sarah dio un paso al frente, me quitó las cintas, y me mostró en donde estaban los bolsillos, escondiéndolas al instante en los pliegues del velo.

—Escucha, Dax no se siente cómodo hablando de esto frente a ti, pero si quieres salvar a Deek, tendrás que estar dispuesta a hacer lo que sea necesario.

Por eso estaba aquí.

—Vine desde el otro lado de la galaxia para reclamar a un hombre condenado a muerte. Creo que ya he demostrado que estoy dispuesta a hacer lo que sea.

La mano de Sarah aterrizó en mi hombro, y me miró por debajo de la capucha de mi velo.

—Bien. Porque tienes que ponerle estas cintas para que esté conectado contigo, para que su bestia pueda sentirte y comenzar a calmarse. Y la única manera en la que podrás hacer eso es estando jodidamente cerca de él.

Me mordí el labio.

—¿Me lastimará?

Sarah negó con la cabeza.

—No lo sé. En circunstancias normales para nada. Ningún guerrero atlán lastimaría a una mujer. Pero si está en medio de un ataque de fiebre, no sé lo que podría hacer.

—Entonces, ¿cómo se supone que debo calmarle?

Su sonrisa era contagiosa, y le habría sonreído también si no estuviera entrando en pánico.

—Dale una buena follada. Entrégate a él y deja que su bestia te folle hasta que esté satisfecho. Entonces ponle las cintas en sus muñecas cuando menos se lo espere. No te preocupes, su bestia te reconocerá como su compañera, así esté usando las cintas o no.

Moví las cejas al oír sus palabras; al oír la misión vívida y carnal, pero Dax nos gritó para que nos diéramos prisa. Sarah tomó mi mano y me llevó con ella.

—Y no te preocupes, Tiffani. Son grandes, como Hulk, pero vuelven a la normalidad... en un rato.

Perfecto. No me había acostado con un hombre en cinco años, y parecía que iba a montarme de nuevo en el vagón del sexo dentro de una celda. En el espacio. Con un alíen gigante en modo bestia. ¿Por qué mis pezones se ponían duros al imaginarme esto?

4

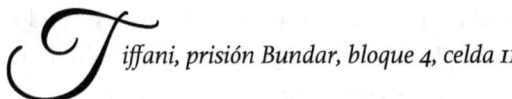

Tiffani, prisión Bundar, bloque 4, celda 11

ME BAJÉ la capucha hasta cubrir mis ojos, teniendo cuidado de no revelar las cintas que se sentían como pesas colgando de mis muñecas. No eran nada por el estilo, pero no podía olvidarme de ellas ni de lo que significaban. Estábamos en un sitio llamado bloque 4. No tenía idea de cuántas secciones de prisioneros había; la mayor parte de las celdas que habíamos visto en otro bloque estaban vacías.

Pero estas no.

Había gigantes desnudos tumbados dentro de las celdas, y a medida que iba pasando al lado de cada uno, sentía como aumentaba mi ira. Me sentía como si estuviera viendo tigres encerrados en un zoológico. Los guerreros atlanes eran enormes, sus hombros eran tan anchos como los del guerrero Dax. Le seguí por el corredor estéril de color crema. Algunos de los prisioneros eran del tamaño de Dax, pero los otros debían estar en modo bestia. Aun así, eran treinta centímetros más altos, y sus músculos se abultaban hasta tal punto que no parecían ser reales. Sus cuerpos eran magníficos; sus músculos marcados eran tan bien definidos que podía trazar el contorno cada tendón y conexión con mis ojos. Realmente lucían como dioses entre simples hombres. ¿Y sus rostros? Eran feroces, con ojos de predador y dientes afilados; tenían su vista fija en mí mientras pasaba junto a ellos, de tal manera que cuando uno lanzó un gruñido y se precipitó hacia los barrotes, yo di un respingo y perdí el equilibrio.

El guerrero Dax estaba allí para atraparme antes de que cayese, y me ayudó a incorporarme. Lo único que me separaba de los hombres salvajes era algún tipo de campo de fuerza brillante. Comenzó a emitir una resplandeciente luz azul mientras el hombre bestia arremetía contra mí de nuevo. El poder del campo hizo que saliera expedido por los aires, soltando un aullido de dolor y entonces arrodillándose como un animal, me observó.

Estaba a salvo, protegida por la barrera invisible. Era mejor y más fuerte que los barrotes de una prisión en la Tierra.

Dios, ¿era esto a lo que estaba a punto de enfrentarme? ¿Debía entregarme como compañera a un atlán como *esos*? ¿Debía confiar en que no me lastimaría? Oh, demonios.

—¿Es él? —susurré.

Dax me soltó, y casi deseé que no lo hubiera hecho; la apacible calidez de sus enormes manos ayudaba a impedir que entrara en pánico.

—No.

Sarah sacudió la cabeza y se precipitó a tomar mi mano. Estaba aliviada de que estuvieran a mi lado. ¿Cómo podría hacer esto? ¿Cómo había pensado que simplemente podría follar a mi compañero hasta hacerlo regresar a la normalidad? Claramente había sido una ilusa al pensar en lo que significaba estar en *modo bestia*.

—Shh —respondió Sarah—. Está en el once. Recuérdalo.

Sí, ahora lo recordaba. Dax comenzó a caminar de nuevo y yo me quedé atrás; el brazo de Sarah estaba anclado al mío como muestra del apoyo moral que necesitaba tan desesperadamente. Quizás también estaba aferrándose a mí para que no cambiara de opinión y huyera. Mi compañero era su amigo, y no querían verlo morir. Si yo tenía la oportunidad de salvarle, probablemente me arrastrarían de mala gana a lo largo del vestíbulo si necesitaban hacerlo.

—Él no será así. No puede serlo. Lo prometo —juró Sarah.

Un estremecimiento recorrió mi cuerpo, y me mordí el labio inferior. Si así era un hombre atlán que había perdido el control de su bestia, esa cosa... *salvaje* en su interior, entonces todo esto de la ejecución tenía más sentido.

—¿Cómo lo sabes? ¿Cuándo fue la última vez que lo viste?

Ella apretó mi brazo mientras Dax daba la vuelta en una esquina, dirigiéndose hacia la última celda.

—Hace dos días. Todavía hablaba, y parecía estar normal.

Soltó mi brazo, me dio un abrazo rápido y suspiró.

—Estoy cruzando los dedos por ti, Tiffani. No pierdas el ánimo. Deek no solo es un gran comandante, sino un gran señor de la guerra. Un grandioso atlán. Superarás esto.

No respondí, mientras seguía a Dax, y divisé a mi compañero por primera vez.

Estaba agazapado en el centro de la habitación, esperándonos, como si nos hubiese oído venir. No gruñó ni rugió, pero sus ojos oscuros nos inspeccionaron con un interés depredador, y sentí como mis manos comenzaban a temblar. Maldición.

Era hermoso y mucho más grande que Dax, por lo menos en estos momentos. Mientras la bestia que me lanzó un rugido me había acojonado, la bestia de Deek parecía ser más tranquila; su cuerpo estaba totalmente bajo control. Podía imaginarlo fácilmente en el campo de batalla, partiendo a sus enemigos por la mitad solo con sus manos. Solo era necesario ponerle una falda escocesa y una espada, y cada mujer de la Tierra estaría jadeando de deseo, a pesar de los escalofriantes dientes que había visto cuando sus ojos se posaron sobre mí.

Sabía que no podía ver mucho, no con el enorme velo ocultándome casi por completo; pero no apartó su mirada de mí mientras Dax se acercaba al campo de fuerza. Levantó su vista hacia la cámara de vigilancia integrada que pude divisar. Era pequeña, no más grande que una moneda de un centavo; pero Sarah me había dicho que se podía ver y oír todo lo que sucedía en aquella celda.

—Saludos, comandante.

—Dax.

Entonces la bestia se movió, estirándose hasta ponerse en pie. Dio un paso al frente, acercándose, hasta que los dos guerreros estaban frente a frente en cada lado del campo de fuerza. Una mezcla de admiración y nerviosismo me hizo retroceder. Era una cabeza más alta que Dax; media casi dos metros cuarenta. También estaba desnudo, su enorme pecho y muslos me hacían babear. Su enorme polla saltaba a la vista, completamente erecta y lista.

Oh, Dios. Estaba lista para mí. Yo era su compañera, ¡y se suponía que *eso* iba a entrar en mí! Esa idea hizo que mi coño se contrajera, y la bestia se quedó paralizada, olfateando el aire como si pudiera oler mi deseo. ¿Podía hacer eso?

Dax respiró hondo, como si estuviese a punto de hablar, pero mi compañero lo interrumpió y se volvió para mirarme. Me sentí desnuda e inspeccionada, a pesar del pesado velo.

—¿Quién?

Parecía que haber pronunciado esa palabra fue difícil para él, pero dio un paso al lado en su celda, aproximándose a mí. Mientras más cerca estaba, mi corazón latía más rápido. Me quedé congelada como un ciervo frente a los faros de un auto, mi coño se humedeció al oír sus ásperas palabras. El sonido de su voz hacía que sintiera un cosquilleo en mis terminaciones nerviosas, y mis pechos se sentían pesados. Dios, era ardiente. Enorme. Monstruosamente aterrador. Tan fuerte que podía quebrarme por la mitad. Y me excitó. Lo quería más que a nadie. Fue instantáneo y embriagante.

Y se suponía que me entregaría a él, a un completo desconocido. Ahora mismo. Y trataría de ponerle las cintas en sus muñecas cuando no estuviese mirando. Me sentía como un gatito de un mes enfrentándose a un tigre adulto. No iba a ganar esta pelea ni de coña.

Sarah apoyó su mano sobre mi hombro, y se inclinó. Me sobresalté al sentir su roce y respiré hondo; sabía que debía tranquilizarme para hacer esto.

—Confía en mí. Ya está interesado. Mira cómo te está observando. Es tu pareja. Es tuyo, Tiffani. Y tú eres suya. Su bestia lo sabrá, quizás ya lo hace, incluso si él mismo no lo sabe. Puedes hacer esto.

Puedo hacer esto. Puedo hacer esto. Puedo hacer esto. Repetí las palabras en mi cabeza, silenciando los demás pensamientos mientras me obligaba a calmarme. Ignoré su tamaño y solo miré su cuerpo, que era magnífico. Su polla era tan larga y gruesa —más grande que cualquiera que hubiera visto antes—, de un color ciruela con una cabeza grande y acampanada. Una gruesa vena la recorría. La imaginé tensándose para alcanzarme, para llenarme. Imaginé ese cuerpo colosal alzándome como si fuese una muñeca y chocándome contra la pared, follándome hasta hacerme perder la cabeza, haciendo que me corriera. Esta criatura era mía. Según la ley de la Tierra, la ley atlán, y según la disparatada ciencia avanzada que hayan usado en el centro de procesamiento para garantizar que fuésemos compatibles. Era mío, y no iba a dejar que le mataran solo porque estaba demasiado asustada como para dejar que me tomara ahora.

Puedo hacer esto.

Deek dio otro paso al frente, y subí mi cabeza y mis

hombros para mirarle. Sus ojos se habían suavizado; habían dejado de ser similares a los de un cazador a punto de cazar a su presa.

Elevando mis manos, miré al guerrero Dax para pedir permiso. Le echó un vistazo a la cámara de vigilancia, que estaba parpadeando con una extraña luz amarilla, y se volvió hacia mí asintiendo.

—Adelante, Tiffani. El sistema está desactivado.

—Tiffani.

La voz de Dick era áspera y grave; me recordaba al sonido distorsionado de una voz saliendo de un parlante.

Me bajé la capucha, y le mostré mi rostro a mi compañero.

—Hola, Deek.

No me respondió con palabras, sino con un gruñido grave y estruendoso que retumbó en el espacio; era un sonido tan fuerte que resonó en mi pecho como un ritmo de baile en un club salvaje. Me miró, y no pude apartar mi vista de él, sin importar cuanto quería hacerlo. Me sentí hipnotizada.

Cuando simplemente estábamos observándonos, con mi corazón amenazando con salirse de mi pecho, Dax dio un paso al frente.

—¿Quieres que la dejemos entrar, comandante? Has rechazado a todas las demás.

Por toda respuesta, mi compañero se alejó del campo de fuerza y mi corazón se hundió. Rayos. Era enorme y aterrador como el infierno, pero no me quiso después de todo. Incluso ardiendo en fiebre y con su ejecución cerca, me había rechazado.

Cuando estuvo en el otro extremo de la celda, junto a una enorme cama, se volvió y colocó sus manos por encima de su cabeza en la pared. Me di la vuelta para ver a Dax.

—¿Qué está haciendo?

La sonrisa de Dax fue genuina, y yo me relajé.

—Debe estar en el fondo de la celda con sus brazos sobre la

pared antes de que pueda desactivar el campo de fuerza. Es el protocolo, para proteger a los guardias y visitantes.

La sonrisa de Dax se desvaneció, y pasó su mirada desde el cuerpo musculoso de Deek hacia mí.

—Ten cuidado, Tiffani. No es humano. No querrá lastimarte, lo conozco, pero sé delicada con él.

—¿Delicada?

¿Me estaba tomando el pelo? ¿Yo? ¿Ser delicada?

Sarah dio saltitos de emoción.

—¡Rápido, déjala entrar!

Miré a Sarah; finalmente, entre toda la neblina de deseos y miedo, comprendí la pregunta que Dax le había hecho a Deek hace unos segundos.

—¿A qué otras ha rechazado?

Ella rodó los ojos.

—Un montón de mujeres han estado aquí, abalanzándose sobre él. Cuando entran en modo bestia, las mujeres atlanes que están dispuestas a tomarlos como compañeros desfilan por aquí como modelos en una pasarela. Si alguno de los hombres reacciona, ellas entran en las celdas para tratar de reclamarlos como sus compañeros.

Me volví para ver a Deek, colocó sus manos sobre la pared y trataba de cerrarlas una y otra vez, como si estuviera tratando de mantener el control.

—¿Y eso funciona?

—A veces. Pero no para el comandante. Ha rechazado por lo menos veinte mujeres, incluyendo a su prometida.

—¿A su qué?

¿Había escuchado bien? ¿Su prometida? Sentí ira y celos revolviéndose dentro de mí mientras veía a mi compañero. Era mío, no de ninguna prometida. Toda esa sensualidad bestial era mía.

Sarah agitó su mano con ademán arrepentido.

—Eso no importa.

—¿No importa? —pregunté, con los ojos abiertos—. Tiene una prometida, ¿y no importa?

Sarah le restó importancia con la mano.

—Una compañera prevalece sobre una prometida, Tiffani. Si un atlán no encuentra a su verdadera compañera, puede casarse con alguien más y esperar que la bestia la acepte, lo cual sucede normalmente; siempre y cuando no tenga la fiebre de apareamiento. Tia es su plan B. Por lo menos, así es como yo lo considero. Pero Deek no necesitará ningún plan B porque tú eres su compañera. Es tuyo.

—El campo de fuerza estará desactivado por tres segundos, Tiffani. Cuando te dé la señal, tendrás que entrar en su celda sin demora —indicó Dax.

El guerrero Dax se dirigió hacia el otro extremo de la pared de la celda, y colocó la palma de su mano sobre un pequeño escáner en el vestíbulo.

Asentí, sintiéndome atontada. Esto estaba a punto de suceder. Estaba a punto de ser encerrada dentro de una celda con una bestia que apenas podía hablar. Fue la estúpida prometida y los celos que sentía hacia ella lo que me habían hecho estar lista para reclamar a mi compañero. Nadie me quitaría a Deek. Ninguna estúpida mujer atlán iba a arruinarme esto. Ninguna *prometida*.

Un extraño zumbido invadió el aire, y entonces el silencio se profundizó con su ausencia.

—¡Ahora!

El guerrero Dax me dio la orden, y mi cuerpo se sacudió, dando un paso al frente por su propia cuenta; mis piernas me llevaron por encima de la franja que estaba sobre el suelo, y entré a la celda de Deek. El zumbido se reanudó, y me volví sobre mi hombro para mirar a Sarah, cuyos ojos negros estaban llenos de esperanza y simpatía.

—Buena suerte, Tiff. La cámara de seguridad estará desactivada hasta que los guardias cambien de turno.

—¿Y cuándo sucede eso? —pregunté.

Sabía que iba a tener sexo con un completo desconocido que no era nada humano, pero estaba segurísima de que no necesitaba audiencia.

El señor de la guerra, Dax, envolvió su brazo alrededor de la cintura de Sarah.

—Tienes cinco horas, Tiffani Wilson de la Tierra. Por favor, ayúdale si puedes.

Lo que él había querido decir era, *folla al guerrero hasta que no puedas caminar bien por una semana, pero asegúrate de calmar a su bestia. Oh, y si el comandante pierde el control, es posible que pueda matarte accidentalmente. Disculpa.*

Me relamí mis secos labios.

—Lo haré.

Mis dos aliados en este extraño y nuevo mundo se dieron la vuelta y desaparecieron. Sentí el corazón en la garganta, haciendo que fuese difícil tragar. Los observé hasta que se fueron, y mis ojos ardían por las lágrimas no derramadas mientras que la adrenalina, miedo, anticipación, deseo, esperanzas y temor se fusionaban en un tornado de emociones dentro de mí.

Y entonces le oí. Mi compañero estaba a mis espaldas.

Poniéndome tensa, me di la vuelta para verle acercándose como un cazador, lenta, moderada y cuidadosamente para que no pudiera escapar. Suspirando, decidí que o podía estar muerta de miedo, o podía confiar en lo que la guardiana Egara me había dicho. Si él era mío, entonces lo sabría. Me escucharía. No me lastimaría. No pondría esas enormes manos alrededor de mi cuello para quebrarlo como una rama. No.

Busqué en los bolsillos de mi velo y saqué las cintas de unión. Sintiéndome segura con las pesadas cintas doradas en la palma de mi mano, desajusté el broche que estaba cerca de mi garganta y dejé que la pesada prenda cayese al suelo.

Deek se mantuvo inmóvil, congelado en su sitio mientras yo caminaba, dejando el velo atrás; mi vestido atlán envolvía mis senos con un patrón entrecruzado que exhibía perfectamente mis enormes esferas. El cuello en V hacía que mostrara mucha piel, y su respiración se aceleró mientras me analizaba; sus hambrientos ojos recorrían cada centímetro de mi cuerpo, desde mis pies, con zapatillas, hasta la coronilla de mi cabeza. Pero cuando su mirada se posó sobre las cintas en mis muñecas y las que tenía en la palma de mi mano, lanzó un gruñido, apresurándome.

Antes de poder parpadear estaba contra la pared, su enorme cuerpo se presionaba contra el mío, inmovilizándome.

—Cintas. Compañera.

Una descarga de euforia recorrió mi cuerpo cuando reconoció las cintas, cuando comprendió su significado. Suspiré, aliviada y muy, muy excitada cuando él se inclinó y pasó su lengua por mi cuello, clavícula y escote; como si estuviera teniendo un festín con mi cuerpo. Viéndolo de cerca, era aún más grande de lo que me había imaginado. Yo no era una mujer pequeña, y jamás había sido considerada *pequeña*. A su lado me sentía como un enano; femenina. Incluso su polla era grande. Dios, su dura polla era como un hierro marcando a fuego la piel de mi panza.

Puso mis manos sobre mi cabeza, e inmovilizó mis muñecas con sus fuertes manos; sus cintas, mucho más grandes, colgaban de mis manos, pero no las soltaba. Necesitaba que usara las esposas, que se las pusiera en las muñecas.

Las esposas de metal chocaron entre sí; el sonido resonante del metal golpeándose se distinguió en el cálido entorno. Con mis brazos sobre mi cabeza, y su enorme cuerpo sobre mí, estaba atrapada, completamente a su merced. Dios, realmente esperaba que no hubiese cometido el error más grande de mi vida.

—Compañera.

Cogió las esposas, inmovilizó mis brazos con una de sus manos, y alzó las cintas con la otra.

Asentí contra la pared, y pronuncié un entrecortado "sí".

Estirando los brazos por encima de mi cabeza, me sentía exhibida; mis amplios senos se impulsaron hacia adelante, amortiguando su enorme pecho. No podía responder, no sin que mi voz se entrecortara dolorosamente. Era tan hermoso; tan enorme, y feroz, y perfectamente formado. Desde el momento en el que lo vi, lo quise.

Él alzó la cabeza, su entrecortada respiración era el único sonido que se oía en aquel espacio estéril. Abrí mis ojos y subí el mentón para hallar a la bestia observándome atentamente.

—Necesito —gruñó—. Follarte.

Asombrada, me di cuenta de que estaba pidiéndome permiso. Este hombre bestia realmente estaba pidiendo permiso. Incluso en su estado febril y salvaje, estaba haciendo que yo consintiera. Mis manos estaban atadas; pero sabía que me soltaría, que me dejaría ir si hubiera cambiado de opinión. Y eso hizo que me excitara y humedeciera más. Lo había deseado desde que tuve aquel alocado sueño en el centro de procesamiento de novias. Me relamí los labios y mi respiración se aceleró. Pero él no quería ser mi pareja, solo quería follarme. Bueno, por lo menos estaba a punto de tener la follada del siglo.

Su polla era dura y caliente; estaba presionada entre nosotros, y de repente no quise nada más que envolver mis piernas alrededor de su cadera y cabalgarlo. Él era mi compañero y no iba a negarlo; sin importar lo mucho que él lo hiciera. Podría follarlo en este momento, con suerte aliviaría a la bestia, y entonces le haría entrar en razón cuando estuviera pensando claramente.

—Sí —jadeé—. Te quiero dentro de mí.

Sí lo quería. Lo necesitaba tan desesperadamente.

Él gruñó, y me dio la vuelta para ver a la pared, justo como en mi sueño. Soltó mis muñecas, pero cuando traté de moverme, no pude soltarme; las esposas doradas ahora estaban sujetas, de algún modo, a un dispositivo metálico que había en la pared y que yo no había visto antes. Tiré de ellas, pero no cedían. Ahora era yo la prisionera.

Incluso con sus esposas en sus manos, me quitó el vestido fácilmente, dejando que cayera a mis pies. El frío aire de la habitación solo hacía que el calor que emanaba de él fuese aún más ardiente. Lo sentía contra mi espalda.

Aguardé, esperando que posicionara su polla en mi sexo y me embistiera.

En vez de eso, las manos de Deek recorrieron mi cuerpo; tocando y jugueteando con mis pesados senos; masajeando mis muslos y mi culo. Su firme roce exploró cada milímetro de mi cuerpo, desde la punta de mi dedo del pie más pequeño, hasta la curva de mi panza y el arco de mi ceja, y todo eso mientras emitía un grave rugido desde su pecho; aquel sonido me excitó hasta que un húmedo recibimiento bañó mis muslos. Mi coño estaba tan caliente que palpitaba con cada latido de mi corazón; la ensordecedora necesidad hacía que me sintiera desesperada por ser llenada; desesperada por llegar al orgasmo.

—Hazlo de una vez ya —ordené, perdiendo la paciencia.

Me había transportado desde el otro lado de la galaxia para salvar a este hombre, y ahora quería jugar al juego de las cursilerías mientras yo estaba tan vacía que quería sollozar. Jamás había actuado así antes, nunca había necesitado o querido algo tan desesperadamente.

—Dios, por favor. Solo fóllame.

¡*Zas*!

¡*Zas*!

¡*Zas*!

Sentí como la quemazón recorría mi torrente sanguíneo mientras su firme mano aterrizaba sobre mi culo desnudo; el impacto de la nalgada, rápido y ardiente, me hizo estremecer; primero con shock, y luego con necesidad.

—¡Deek! —grité—. ¿Qué estás haciendo?

Miré por encima de mi hombro, y vi como su mano se levantaba y me azotaba una y otra vez.

¡Zas!

¡Zas!

¡Zas!

—No órdenes.

Golpeó el lado opuesto de mi culo desnudo, y me marchité como una orquídea sobre el caliente asfalto.

No órdenes. Por lo que Dax había dicho él era un comandante, el líder de su propio batallón de soldados. Le gustaba estar a cargo, y parecía que eso me incluía, también. Me derretí bajo su comando; algo dentro de mí entró en erupción para que mi mente abandonase el control de mi cuerpo; para que me sometiera. Estaba atrapada, completamente a su merced; y saber eso hizo que mi cuerpo se sometiera absoluta y totalmente a su voluntad.

Con un gemido, mis piernas colapsaron, y quedé suspendida de las esposas alrededor de mis muñecas. Él me levantó instantáneamente, soportando mi peso. Con una fuerza que jamás había creído posible en un hombre, me dio la vuelta en sus brazos para que lo viera a la cara.

—Mía.

Me miró a los ojos mientras me levantaba. Yo estaba desnuda y él cambió de posición, la ancha cabeza de su polla situándose en mi entrada. Sin tardanza, me llenó lentamente, abriéndome y luego embistiéndome hasta el fondo.

5

omandante Deek

M<small>I CABEZA</small> se aclaró mientras mi polla desaparecía dentro de su suave cuerpo, como si un torbellino de neblina hubiese sido despejado. ¿Su húmedo deseo era el antídoto a la fiebre, como todos habían dicho? ¿Era solo la cálida y estrecha sensación de su cuerpo lo que tranquilizaba a mi bestia, lo que atenuaba su necesidad? Descubriría la razón luego. Ahora, ahora se sentía perfecta en mis brazos; su suavidad era como un bálsamo para la furia de mi bestia. Y era suave en todos lados, desde sus grandes pechos hasta la amplitud de su trasero y sus muslos. Era tan suave que sentía como si estuviese fundiéndome en ella; me daba la bienvenida de una manera en la que ninguna otra mujer me había aceptado antes.

Miré sus ojos verdes, llenos de pasión, y supe que no era de mi mundo. Era humana, como la pequeña compañera de Dax.

Compañera.

A la bestia le gustaba esa palabra; le gustaba su aroma, la

sensación de su piel, su sabor, la estrechez de su coño. Quería saborear cada centímetro de su perfecto cuerpo, pero la bestia no cedería el control.

Estaba enojado por haber sido reprimido y encerrado; se negaba a rendirse hasta que la hubiese follado y llenado con su semilla.

Tiffani.

No sabía cómo había llegado hasta aquí, ni qué locura le había inspirado la decisión de entrar a mi celda.

A la bestia no le importaba. Quería follar. Y según la vidriosa mirada que tenían sus ojos, ella también. Dios, y también yo. Era mía. Las esposas en sus muñecas lo demostraban. Reconocería el emblema de mi familia, grabado en el metal, en cualquier lado. Le preguntaría cómo había llegado a ellos después. Había tantas preguntas.

Por ahora, ella estaba usando mis esposas y eso significaba que ella había decidido hacer esto. Había decidido ser mía. Había elegido que fuese mi semilla la que la llenara y la uniera a mí.

Mía.

Cogí las esposas de metal que se habían calentado en mi firme mano; su presencia me ofrecía una sensación de esperanza, de calma. Aunque la bestia quería llenarla con semen y marcarla, yo también necesitaba hacerla mía. Quería hacer que viera que yo también la elegí con la misma disposición. Mientras mi polla estaba enterrada en su interior, indicando que mi bestia la deseaba, abrí una de las esposas y la coloqué alrededor de mi muñeca; el broche se cerró automáticamente. La sentí apretándose, y se ajustó mientras me ponía la otra.

Me volví consciente. No era un vínculo mental como el que los prillones tenían con sus compañeras. Era elemental. El saber que esta mujer de la Tierra y yo llevábamos las mismas esposas, que no podíamos separarnos sin sentir dolor, sin follar ni unirnos, era embriagador. Crucial. Algo de vida o muerte.

Lo sabía, de alguna manera. En lo más profundo de mí. No necesitaba que mi bestia acechara ni diese vueltas para entrar en ella, para acariciarle el cuello y olerla. Para lamer su piel y saborearla. Para follarla y llenarla.

Ella era mía, y de mi bestia. Sus ojos se llenaron de comprensión, de aceptación, y se contrajo alrededor de mi polla, su coño casi sollozaba con su gran excitación.

Aparté mi mirada de sus labios rosados, de su cara encantadora, y la dirigí más abajo, donde sus grandes pechos estaban desnudos ante mi mirada hambrienta. Era más baja que una mujer de Atlán, pero exuberante; sus grandes senos se desbordaban de mis manos mientras los tomaba y jugueteaba con sus pezones rosados. Su cuerpo era grande, redondo y muy terso; tan extraordinariamente suave en todas partes, su piel era más delicada que los pétalos de las flores más delicadas del jardín de mi hermana.

Bajando la cabeza y teniendo cuidado con los dientes de la bestia, reclamé su boca mientras llenaba su coño. Besarla era algo increíble. Su lengua se conectaba con la mía, su sabor era ardiente y picante. Solo me hizo querer probarla en todas partes; arrodillarme y lamer su húmedo sexo, probarla con mi lengua.

Y así lo hice. Ella gimió cuando saqué mi polla y me arrodillé ante ella. Mi bestia gruñó, extrañando el estrecho calor de su coño. Pero la bestia ya no tenía el control. Yo lo tenía. Pude hacer retroceder lo salvaje, la feroz fiebre, para pensar y ser el líder de mi fuerza nuevamente. Todavía estaba en modo bestia, mi cuerpo se transformó en el guerrero gigante que necesitaba ser para reclamarla correctamente.

—Mía.

La palabra era apenas un gruñido cuando coloqué mis manos en sus muslos y separé sus piernas. Las mantuve allí sobre sus tensos músculos mientras respiraba el aroma de la mujer. Me incliné y recorrí mi lengua por su entrada, su gemido llevó mi fiebre de apareamiento a un nuevo nivel.

Pero esta vez, el fuego que ardía en mi sangre tenía una vía de escape. Mi compañera estaba aquí. Yo estaba en control de mi bestia. Esta vez, le ordenaría al cuerpo de mi compañera que se corriera una y otra vez.

Mi bestia gruñó cuando su sabor explotó en mi lengua. Ya no estaba furioso, solo ansiaba más. Así que me ocupé de ella con mi lengua y mis labios, chupando y lamiendo; prestándole atención a su clítoris, aprendiendo lo que le gustaba, lo que hacía que sus caderas se movieran, y lo que causaba que perdiera el aliento con pequeños lloriqueos y gemidos.

Metí un dedo en su panal de miel, encontrando ese pequeño punto mullido que la provocaba, que la hacía gritar de placer mientras se retorcía y cabalgaba mi dedo. Mi mano en su muslo la mantuvo inmóvil mientras yo lamía y movía su clítoris, hasta que llegó al clímax.

Sólo entonces fui repartiendo besos por su cuerpo, succionando un pezón y luego el otro, hasta que llegué a sus labios una vez más. Esta vez ella estaba delicada y dócil, su beso era más de deseo lánguido que de necesidad desesperada. La había convertido en esto. Le había dado el orgasmo que necesitaba. Y lo haría de nuevo.

Sosteniendo la parte de atrás de sus muslos, la alcé para que envolviera sus piernas alrededor de mi cintura. Mi polla se deslizó por sus pliegues para entrar en ella. Nada me detenía ahora. Mi bestia y yo estábamos sincronizados. Era hora de follar, hora de tomar, pero por la forma en que gritaba *sí, sí, sí* con cada embestida, me di cuenta de que no solo estaba entregándose. Ella estaba provocando su propio placer con mi polla.

Su coño se contrajo alrededor de mi polla como un puño cuando se corrió, ordeñándome, empujándome hacia lo más profundo de ella.

Ahora estaba con la mente en blanco, con sus manos

vueltas puños por encima de las ataduras. Sus ojos estaban cerrados, sus mejillas enrojecidas. Sus pechos rebotaron y se mecieron mientras la llenaba. Podía sentir mi orgasmo cobrando fuerza en la base de mi columna vertebral, mis pelotas se apretaban, y mi semilla estaba lista para estallar.

Inclinándome, besé su cuello, lamí su piel salada y sudorosa. Inhalé su aroma mientras seguía corriéndose.

Fue el movimiento ondulado de su coño lo que acabó conmigo, lo que empujó a la bestia a embestirla profundamente por última vez y correrse. Pulso tras pulso, la llené con mi semilla. Gruñí con placer, mis ojos se cerraron, mi cuello se tensó, todos los músculos de mi cuerpo se contrajeron. Mi mente se perdió en el exquisito placer que me invadió, que bombeé en mi compañera.

Ella era mía. Follada y marcada. Atada. Reclamada.

Por primera vez en días, me sentí aliviado. Tranquilizado. La fiebre había desaparecido y yo volvía a ser un atlán con una bestia satisfecha en las manos. La ferocidad en mi sangre ya no se agitaba ni gruñía, no empujaba ni rabiaba. Estaba contento y satisfecho; contento de que el aroma de esta mujer, de su excitación, me cubriera y envolviera. Satisfecho de sostener a nuestra pareja en brazos y hundirnos en su terso cuerpo, enterrados en sus suaves brazos. Incluso cuando la embestí por última vez, solo para sentir la firme presión de su coño apretando mi polla, ella me acarició con sus piernas; sus delicados pies pequeños recorrían la parte posterior de mi culo y muslos, como si también necesitara tocarme para explorarme.

Incorporándome, solté las correas de sus muñecas, dejé caer sus brazos mientras continuaba sujetándola contra la pared, sana y salva en mis brazos. Sus manos se dirigieron de inmediato hasta mi cabeza y enterró sus dedos en mi cabello, acariciándome, haciéndome saber que estaba bien y reclamándome como suya. Saber que mis esposas estaban firmemente puestas en sus muñecas, que nadie podía apartarla de mi lado, tranquilizó a mi bestia como nada más podría haberlo hecho.

Por primera vez en una semana, volví a ser el comandante Deek. Si bien había tenido miles de guerreros bajo mi mando en la flota de la Coalición, su obediencia no significaba nada en comparación con la sumisión voluntaria de esta mujer. Yo había luchado, y habría muerto por esos guerreros.

Pero por esta mujer, por esta desconocida, por mi bella compañera, haría cualquier cosa.

Las esposas alrededor de mi muñeca lo declaraban a todo Atlán.

Hombre y bestia, yo le pertenecía ahora.

Tiffani

Oh, por Dios. Yo nunca... digo, había tenido orgasmos antes, pero ninguno como este. Joder. Traté de recuperar el aliento, de dejar que mi mente comprendiera lo que él le había hecho a mi cuerpo. A mi cuerpo.

Me contraje alrededor de la polla de Deek, sentí como su semen se desbordaba de ella, bajando por mis muslos. La sensación de sus caderas chocando contra las mías, el roce de su mano contra mi trasero en el lugar en el que me había dado una nalgada...

¡Me había dado una nalgada!

Y me había encantado. Cada minuto. Realmente era un guerrero atlán, pues me había ordenado, solo con unas pocas palabras, que me rindiera ante su autoridad; ante su control de mi cuerpo. No lo había dicho de manera irracional. De hecho, había sido con intención. Cuando su polla me atiborró por primera vez, vi un cambio en sus ojos. Habían pasado de lucir como oscuros abismos de necesidad salvaje, completamente ciegos ante la realidad, a ser conscientes. Era como si mi cuerpo lo hubiera aliviado de lo que sea que lo afligía.

Me habían dicho varias veces que yo era la única que podía tranquilizar a su bestia. Sarah había insistido en que tendría que seducirlo, follarlo hasta que volviese a ser él mismo. Pero yo tenía dudas. En lo más profundo de mi corazón aún creía que el verdadero alivio provendría con palabras suaves, o tal vez con una mano que acariciara su mejilla con ternura, pasando la punta de mis dedos por su cabello oscuro. Pero realmente no lo había entendido. Dax había tratado de advertirme.

—*No es humano.*

No. Mi compañero no era humano. Y había conseguido domarlo por medio de un tipo diferente de caricias; el de su polla en lo más profundo de mi sexo. Mi entrega era la medicina que había necesitado.

Dios, ¿mi coño tenía poderes especiales? ¡Súper-coño! Necesitaba una capa o algo que acompañara mi nuevo nombre de superhéroe. No pude evitar sonreír contra su amplio pecho ante la absurda idea.

Deek bajó mis piernas con cuidado y se salió de mí. No pude evitar sisear por el leve dolor. Mi cuerpo no estaba acostumbrado a ser follado —había pasado mucho tiempo. Tampoco había tomado una polla tan grande antes; nadie la había usado tan hábilmente como él. No me quejaba. La punzada de incomodidad solo me hacía sentir más femenina, más poderosa.

Sin decir más, Deek me tomó en brazos como si no pesara nada y me llevó a su enorme cama. Allí, me tumbó y envolvió sus brazos alrededor de mí; la bestia gigante a mis espaldas me hacía sentir segura y protegida. Nada me tocaría ni un pelo mientras estuviera con él. Nada me haría daño. Él era mío.

Y yo era suya ahora.

Me acarició el cuello con la nariz y atrajo mi espalda hacia su pecho; su cuerpo estaba envuelto alrededor de mí, su espalda daba hacia el campo de fuerza y la cámara frente a la celda. Cuando su calor se extendió hacia mi cuerpo, me di cuenta de lo agotada que estaba. Entre el vuelo, el centro de procesamiento de novias, mi llegada al castillo de Dax y Sarah, y la inquietud sobre cómo progresaría este encuentro con mi pareja, estaba tan cansada que apenas podía mantener los ojos abiertos.

—Duerme.

Y así como mi cuerpo le obedecía cuando me tocaba, mis ojos se cerraron y caí en un sueño profundo.

T‌IFFANI

M‌E DESPERTÉ LENTAMENTE; estaba tan cálida, tan cómoda, que no quería moverme. Un duro miembro hacía presión contra mi trasero, deslizándose hacia mi sexo con un movimiento lento y tibio. Cuando Deek elevó mi pierna por encima de su cadera, no opuse resistencia. Tampoco me resistí a la fuerte embestida de su polla colmándome desde atrás. Su enorme polla me ensanchó; su mano era como un anillo de hierro sosteniendo mi muslo y separando mis piernas para él.

La mano en mi muslo se movió hacia abajo, acariciando la suave redondez de mi abdomen con un grave gruñido que hizo que mi vagina se humedeciera con una nueva oleada de necesidad.

Escuché un gruñido en el pecho de Deek justo antes de que un dedo se dirigiera hacia abajo, a través de los pliegues húmedos de mi coño, para frotarme el clítoris mientras me follaba lentamente, entrando y saliendo de mi cuerpo como si tuviera horas para provocarme, follarme, hacerme rogar.

Podía oler nuestra esencia combinada, la mezcla de la humedad de mi cuerpo y su semen, salpicado en la cara interior de mis muslos. Frotó el líquido contra mi piel, como si me marcara con su olor. Una vez que pareció estar satisfecho enfocó su atención en mis pechos, cogiendo una esfera con su enorme mano y pasando su pulgar sobre el pico endurecido de mi pezón. Jadeé cuando su polla se hinchó dentro de mí por el toque carnal.

—¿Quién eres, Tiffani? —preguntó Deek, su voz sonaba grave y áspera en mi oído; pero era una voz masculina.

Volviéndome sobre mi hombro, miré hacia arriba para verle —hacia muy arriba, pues él era mucho más alto que yo— y noté que ahora era más pequeño; sus hombros no eran tan anchos, ni su cara; y sus terroríficos dientes ahora lucían... normales. Era enorme, mucho más grande que cualquier hombre que hubiera conocido, pero ya no lucía tan aterrador. Sus ojos, que eran de un color verde boscoso mezclado con dorado, parecían estar tan fascinados por mis acciones; por observar la reacción de mi cuerpo ante su roce.

—Mi nombre es Tiffani Wilson. Tengo veintisiete. Soy de la Tierra.

Insegura de lo que él esperaba que dijese, comencé a divagar.

—Mi papá era poli.

—¿Qué es un poli?

—Eh, la policía. Ya sabes, ¿el orden público?

Deek asintió y me penetró lentamente; muy lentamente, dentro y fuera, como si follarme y hablar al mismo tiempo fuese completamente normal.

—Era un guerrero. ¿Un protector? Es por eso que eres tan valiente.

—No soy valiente, Deek. Pero sí, supongo que he aprendido mucho de él. Respeto la ley. Mi madre...

Movió sus caderas y tiró de mi pezón con sus dedos. Jadeando, traté de terminar mi oración.

—Mi madre tenía algún que otro trabajo, pero la mayor parte del tiempo se quedaba en casa para cuidarme mientras era pequeña. Por lo menos hasta que él murió.

Dentro. Fuera. Alzó un poco mi pierna, me embistió tres veces, con fuerza y velocidad. Cuando cerré mis ojos, él dejó de moverse.

—Tiffani.

—¿Mmm?

—Cuéntame más. Quiero conocerte.

—No puedo pensar cuando...

—¿Cuándo hago esto?

Comenzó a follarme de nuevo, moviéndose lentamente.

—Sí.

Soltó una risa en mi oído, y le dio un mordisco a mi mandíbula.

—Bien. Pero sigue hablando, de todos modos. Tómalo como un reto personal.

Sonreí, y mi corazón se derritió un poco por este desconocido. Por lo menos parecía tener sentido del humor. Nunca nadie había jugado conmigo en la cama. Los pocos amantes que había tenido estaban más interesados en entrar en mí, correrse, y retirarse. Esto era una nueva experiencia para mí. Y era... divertido.

Dios, nunca había pensado que el sexo pudiese ser divertido.

Su grave voz me recorrió mientras tomaba mi pecho, masajeándolo con su enorme mano.

—¿Aceptas mi reto, o debería parar?

—¿Parar, qué cosa?

—De follarte.

Oh, claro que no.

—No pares.

—Entonces, por favor, cuéntame más.
—Mi padre tuvo un infarto cuando tenía catorce. Mi madre comenzó a beber y solo alcancé a terminar la secundaria antes de que me echara de casa.
—Eso no es honorable.
Suspiré.
—Estaba destruida. Fueron unos años duros, pero lo superamos. Ella también ha muerto.
—¿Estabas sola en tu planeta Tierra?
—Sí.
Aquella palabra no bastaba para describir las noches largas y solitarias luego de un duro día de trabajo. Para describir a las zorras delgaduchas y traicioneras de la cafetería que hablaban pestes sobre mí, aunque yo trabajara sin parar a su alrededor. El ver a mis amigos de la secundaria ir a la universidad, casarse y tener hijos. Los malos comentarios que recibía por ser rellena cuando iba de compras, o cuando caminaba por la calle. ¿Sola? ¿Apartada? ¿Solitaria? Sí. Podría decirse que estaba sola.

Su roce se hizo más delicado, y acarició mi panza como si tratara de aliviar mi dolor. Tenía que admitir que estaba funcionando por completo, y me derretí en su cuerpo, relajándome por completo, sintiéndome lánguida mientras me tomaba, mientras me llenaba; mientras me hacía sentir que era importante, hermosa. Amada.

Una lágrima, cálida y húmeda, se deslizó por mi mejilla hasta llegar a las sábanas, y yo la ignoré, mordiéndome el labio para detener el caudal que amenazaba con venir. No tenía ni idea de que sentirse amada doliera tanto.

Me sacó de mi silencio.
—¿Qué te gustaba hacer en la Tierra?
—Era mesera.

No estaba segura si él sabría lo que aquello significaba, así que decidí clarificar.
—Servía la comida de las personas.

—Una cuidadora. No me sorprende. ¿Disfrutabas este trabajo?

Me morí de risa.

—No. En realidad no.

—Entonces no tendrás ese trabajo aquí.

Lo dijo así como así, como si pudiera solucionar todos mis problemas con su voluntad. En ese momento nada de eso me importaba. Mi cuerpo giraba en un torbellino más y más rápido. Mi sexo estaba tan sensible, tan hinchado, que cada estocada de su polla era como una descarga eléctrica en mi cuerpo. Necesitaba que se concentrara en esto. Suficiente charla. Apreté mis músculos internos y sentí como un pequeño estremecimiento recorría los enormes músculos de su pecho, en donde se apoyaba contra mi espalda. Así que lo hice de nuevo.

—Soy... soy tu pareja elegida, Deek. Eres mío.

—Mía.

Su grave gruñido era más propio de una bestia que de un hombre.

¡Sí! Sus dedos se movieron hasta mi otro pezón, y le miré mientras bajaba su cabeza, lamiendo mi hombro con delicadeza, enterrando su nariz en mi cabello; respirando mi aroma mientras posaba su mano sobre mi clítoris, provocándome con una sutil exploración que era imposible de resistir.

Acarició mi clítoris, tiró de mis pezones, tocó todo mi cuerpo sin vacilación, grabándose cada centímetro de mí, marcándome como si fuese suya; todo esto lo hacía mientras me penetraba hasta lo más profundo, entrando y saliendo; primero rápido, luego lentamente. Y en cada momento me observaba como si estuviese fascinado.

Mi orgasmo me azotó de la nada; mi cuerpo se puso lánguido y se relajó entre sus manos un momento, para luego perderse en la llamarada de mi orgasmo. Y, aun así, él seguía observándome, moviendo sus dedos sin descanso y provocándole otro orgasmo a mi satisfecho cuerpo mientras me embestía con fuerza; sus movimientos se convirtieron en embestidas frenéticas que me llevaron al límite mientras se corría en mi interior; su semen recubría mi sexo con su marca de propiedad.

Me sostuvo, inmóvil frente a él mientras nuestras respiraciones volvían a su ritmo normal. Me tumbé con su polla todavía dentro de mi cuerpo, su enorme cuerpo me hacía sentir protegida y femenina; querida.

Y, sin embargo, una pregunta flotaba en medio de toda la sensual neblina que empañaba mi mente. Una pregunta muy importante.

—¿Ahora somos pareja? ¿Estás... tu bestia... estáis bien?

La luz dura de la celda se reflejó en el metal que rodeaba su muñeca y levanté la mano para tocar su puño. Levantó la cabeza de mi hombro y nuestros ojos se encontraron.

—Sí, ahora somos pareja. Mi semilla te llenó mientras estaba convertido en una bestia. Las esposas de mi familia están en nuestras muñecas. No hay duda en cuanto a eso. Pero, ¿cómo llegaste aquí?

—Yo puedo responder eso.

Deek se movió rápidamente, demasiado rápido para que yo lo comprendiera; retiró su polla de mi interior y escondió mi desnudez del hombre que había respondido la pregunta de Deek.

—Dax —dijo Deek.

Contuve el aliento, dándome cuenta de que el otro guerrero atlán estaba de pie fuera del campo de fuerza, y que podía verme. *Podía*. Antes *podía* verme, pero ahora no. El cuerpo de Deek me ocultaba por completo.

—Date la vuelta, Dax. Cubriré a mi compañera.

—Por supuesto.

No podía ver lo que estaba sucediendo, pero Dax debió haberse dado la vuelta. Deek se agachó y cogió el velo que me había quitado. Cuando abrió la prenda la envolvió alrededor de mi cuerpo.

Me miró; sus ojos estaban enfocados de nuevo con la aguda atención de un guerrero.

—Nadie te verá. Tu cuerpo me pertenece.

Sus palabras me pusieron caliente. No debería querer sentirme poseída por alguien, ni que alguien más me reclamara, pues eso iba contra cada uno de los principios femeninos que yo defendía. Pero saliendo de los labios de Deek, sonaban protectoras y... Dios, perfectas. *Quería* ser poseída por él, porque no había lugar a dudas de que yo le poseía. Ser la pareja de alguien era diferente que conocer a un chico sexy en algún bar de camino a casa. Podía percibir nuestra conexión; podía sentirla en mi sexo y en mis muslos.

Se dio la vuelta cuando enrolló el velo alrededor de mi cuerpo, cubriéndome de nuevo de pies a cabeza, solo que esta vez estaba desnuda; mi vestido se encontraba en el piso, apilado.

—Guerrero, explícate —ordenó Deek, con los hombros hacia atrás; su porte era el de un verdadero guerrero.

Incluso estando desnudo, era majestuoso y exigente. Mientras yo me sujetaba a mi pudor, parecía que Deek no tenía ninguno.

—Mientras estabas en la *nave Brekk*, antes de transportarte hasta aquí, te hice pasar por los protocolos de la coalición de novias. Tal como tú lo hiciste por mí. Si ibas a ser ejecutado, sabía que solo habría una mujer en todo el universo que podía salvarte de tu fiebre.

Deek me empujó hacia adelante para que estuviera a su lado, y envolvió su brazo firmemente alrededor de mi cintura.

Dax y Sarah estaban al otro lado del campo de fuerza, y lucían igual que cuando se habían ido. ¿Cuánto tiempo había pasado? Parecían estar más relajados ahora, menos tensos; pero había duda en sus ojos.

—Tiffani —dijo Deek—. Mi compañera elegida.

Me gustaba cómo sonaba mi nombre con su voz gruesa.

Dax asintió.

—Es una mujer resuelta. Obligó al programa de novias a que la transportaran, insistiendo en que podía salvarte, y que lo haría.

Me miró con una pizca de asombro y respeto en sus ojos satisfechos.

—Lo cual ha hecho.

Cuando Dax suspiró audiblemente, me volví para mirarlo. Sarah tomó su mano y sonrió. Él también sonrió. Entonces me di cuenta de que no sabían si la unión había funcionado para apaciguar a la bestia; para terminar con la fiebre. Solo sabían que yo era la última oportunidad para salvar a su amigo.

—Veo las esposas en tus muñecas.

Deek mostró una al oír a Dax, la miró, y entonces sonrió.

—Mi bestia está tranquila. He sido...

Me miró, con una expresión de reverencia.

—Reclamado.

—¡Guardias! —gritó Dax, su voz retumbó e hizo eco en las paredes.

—Guardias —repitió de nuevo, hasta que escuchó sus pisadas aproximándose.

—No tengas miedo —murmuró Deek en mi oído—. Has sido muy, muy valiente. Ahora es mi turno de cuidarte.

Nunca antes había escuchado a un hombre decir tales palabras. La comodidad y el refugio que me dieron fue como un bálsamo. No me había dado cuenta de lo sola que había estado, de lo mucho que había tenido que soportar y hacer sin el apoyo de... nadie. Un nudo se formó en mi garganta mientras trataba de apartar las lágrimas.

Entonces vinieron los guardias, desviando la atención de Deek.

—La fiebre de apareamiento del comandante Deek ha sido aliviada. Liberadlo de inmediato —ordenó Dax.

Había cuatro guardias vestidos con el mismo uniforme; con una armadura ajustada que no había visto nunca. El extraño material parecía impenetrable, pero moldeaba cada músculo y plano de sus cuerpos con asombrosos detalles. Los remolinos negros y marrones, algún tipo de camuflaje, supuse, los hacían parecer inmensos e indestructibles. Traté de imaginar el enorme cuerpo de Deek en una armadura similar, y casi gemí del deseo. Dios, se vería jodidamente caliente.

Dos guardias se acercaron, pero el que tenía más rayas en el pecho y en la muñeca dio un paso adelante. Miró a Dax, que había dado la orden, y luego a Deek. Sus ojos se abrieron cuando me avistó en el lado equivocado de la pared del campo de fuerza.

—Comandante —dijo el hombre.

Deek levantó su brazo libre, mostrándole la cinta.

—Es verdad. Mi compañera está aquí y hemos completado el rito de apareamiento. Llamad al médico para confirmar que mi fiebre de apareamiento se ha ido.

Los ojos del guardia evaluaron a Deek por un segundo, y luego me miró. Lo miré fijamente, desafiándolo a negarme. No iba a salir de esta celda sin mi compañero. Él mantuvo mi mirada por unos segundos antes de asentir.

—Sí comandante.

Llamaron al médico rápidamente y desactivaron el campo de fuerza para permitirle la entrada. Deek fue evaluado rápidamente por varios objetos con luces, pero consideraron que estaba bien.

—Tiene bastante suerte, comandante —dijo el doctor.

No tenía el tamaño de Deek, y su uniforme era un tono verde oscuro que me recordaba a pinos y a musgo. El diseño era similar al de los guardias blindados, pero el material no parecía duro, ni hecho para la batalla. Se movía alrededor de su cuerpo con más facilidad. Su cabello castaño claro había empezado a tornarse gris en las sienes y sus ojos gris oscuro, mientras evaluaban a Deek, estaban completamente concentrados y lucían profesionales. No tenía ninguna duda de que este hombre, en algún momento, también había sido un guerrero.

Deek volvió a mi lado, envolviendo su brazo alrededor de mis hombros para atraerme hacia sí. Cuando me miró, sonrió. Su formidable apariencia cambió, y pude ver al hombre amable que estaba debajo de la fachada dominante.

—Sí lo soy.

Entonces me besó, frente al médico, frente a los guardias, frente a Dax y a Sarah; frente a todos, como si estuviera orgulloso de que lo vieran conmigo, ansioso por que el mundo supiera que yo le pertenecía a él, y solo a él.

El shock me inmovilizó durante largos segundos antes de que respondiera. Cuando lo hice, lo dejé todo, envolviendo mis brazos alrededor de la cintura de Deek y acercándome a él. Su gruñido hizo que Dax soltara una risa, pero Deek simplemente enterró sus enormes manos en mi cabello y me sujetó para explorar mis profundidades.

El doctor se aclaró la garganta.

—Firmaré los papeles correspondientes para derogar la orden de ejecución. Se puede ir.

Deek finalmente me soltó y perdí el equilibrio, mirando al doctor, quien posaba su mirada hacia donde estaba su guardia, al extremo de la celda de Deek.

—Libéralo de inmediato.

Mi corazón casi se salió de mi pecho con emoción y alivio. ¡Lo había hecho! Demonios. Vine a otro mundo, seduje a un extraterrestre y le salvé la vida.

Era mío. Todo mío. Aquel pensamiento me produjo alegría y ansiedad en igual magnitud. No tenía idea de quién era, qué pensaba, ni de cómo se sentía acerca de nada. La guardiana del centro de procesamiento de novias había prometido que sería perfecto para mí, y realmente, realmente esperaba que no me hubiera mentido.

¿Y si no le gustaba? ¿Y si pensaba que mi sentido del humor era estúpido? Me encantaba usar colores brillantes, muchos colores. ¿Qué sucedería si él quería que yo solo usara prendas rojas, negras, o que comiera ensalada todos los días? ¿Y si odiaba la música? ¿Y si, ahora que no tenía la fiebre, decidía que no me quería?

Me di cuenta; realmente me di cuenta por primera vez de que estaba a punto de irme a casa con un completo desconocido.

6

eek

Seguí a mi pequeña compañera mientras recorría su nueva casa. Casi no había vivido en ella, pues había sido asignado a la *nave Brekk* por diez largos años. Solo volvía cuando estaba de permiso. Hasta ahora, la enorme casa no había sido más que un sitio en donde dormir. Pero con mi compañera aquí, de pronto se sentía como mi hogar.

Mío.

Aquella palabra parecía estar en repetición en mi mente. Cada vez que miraba a Tiffani, cada vez que sentía su dulce aroma, o recordaba la estrecha calidez de su coño cabalgando mi polla, la palabra se convertía en un cántico. *Mía.*

Podía ser que la bestia estuviera satisfecha, y que ahora pudiera controlar esa parte de mí; pero todavía vivía en mi interior. Cada vez que Tiffani se acercaba, la bestia se elevaba de las profundidades de mi alma y luchaba por alcanzarla, por tocarla, follarla y marcarla con su esencia y semilla.

Había escuchado a otros guerreros hablar de la feroz devoción de la bestia hacia sus compañeras, pero nunca había entendido realmente la necesidad abrumadora y primitiva de proteger, de follar, de acostarme a sus pies y poner mi alma maltratada bajo su cuidado.

Incluso yo me había quedado desconcertado ante el cambio en Dax desde que había sido emparejado y unido con Sarah. Su conexión era conmovedora y la forma en que el gran señor de la guerra adoraba a su compañera de la Tierra era... enternecedora. Y, sin embargo, había imaginado que nunca me pasaría. Pero aquí estaba yo, unido con mi propia mujer terrícola, y me di cuenta de que haría cualquier cosa, *cualquier cosa*, por ella.

Ya había demostrado ser más valiente de lo que se creía posible. Había rechazado la orden de prohibición de transporte y vino desde el otro lado de la galaxia. Se había arriesgado a irrumpir en mi celda cuando ella misma podría haber sido arrestada. Lo había hecho todo para salvarme a mí; a un guerrero maltrecho que aún no había conocido.

Nunca había conocido a nadie con tanta compasión, con tanto coraje. Estaba bastante seguro de que no la merecía, pero sabía que mataría para mantenerla a mi lado. Ella era mía, y nunca la abandonaría.

Aun así, yo era el comandante. Era yo quien estaba a cargo. Quien salvaba.

Pero esta mujer ya me había humillado de muchas maneras; y también lo había hecho mi bestia.

La bestia había visto muchas batallas. Había matado a cientos de soldados del Enjambre; les había arrancado sus extremidades y observado retorcerse, sangrar y gritar de dolor. Y la bestia no había sentido nada. Nada más que satisfacción, ya que habían muerto hechos trizas a mis pies.

Ahora... ahora el monstruo de corazón frío lo sentía *todo*.

Por ella. Una mujer que apenas conocía, una novia alienígena de un mundo lejano. Una desconocida.

—¿Te gusta tu nuevo hogar, Tiffani?

—Es hermoso.

Su sonrisa era tímida mientras pasaba su tersa mano por el respaldo de un gran sofá en mi habitación, y me di cuenta de que follar sin intenciones serias y darle rienda suelta a la bestia con su cuerpo, era una cosa. Pero otra muy distinta era estar a su lado; ser un hombre que conocía a su pareja y trataba de tranquilizarla, de aprender sobre su hogar, su pasado, sobre cómo había llegado a ser mía.

A la bestia no le importaba; su corazón primitivo no era capaz de tal delicadeza. Él vio. Él quiso. Él folló. Pero esa naturaleza primitiva también la protegería, porque la bestia moriría para protegerla; mataría sin titubear ni un segundo para mantenerla a salvo.

Tal como yo.

Caminé hacia la ventana y la pequeña mesa que estaba justo debajo. Una botella de nuestro mejor vino estaba abierta y lista —una criada la había preparado para nuestra llegada, y vertí dos vasos del líquido púrpura oscuro, volviéndome para ofrecerle uno a mi compañera.

Nuestros dedos se rozaron cuando ella tomó el vaso, y la bestia se agitó con alegría ante su toque más leve.

Esta mujer ya me había destrozado. Yo era suyo por completo. No necesitaba las esposas que estaban en nuestras muñecas para convencerme. Aunque ella todavía no parecía comprender la profundidad de su significado, o de mi completa e inquebrantable devoción.

—Lo que sea que quieras, compañera, todo lo que debes hacer es preguntar.

—¿Y qué tal una capa de superhéroe?

Sus grandes ojos verdes se iluminaron con humor, y deseé haberla conocido más; deseaba comprender por qué reía.

No comprendí su referencia, pero haría lo que pudiese por complacerla.

—Llamaré a un sastre. No sé a lo que te refieres, pero si puedes dibujarlo, o explicárselo, lo confeccionará para ti.

Se rio, y el sonido hizo que algo ajustado en mi pecho se desbaratara.

—Está bien. No tendría ningún lugar en donde usarla.

Le dio un sorbo a su vino, y me miró sobre el borde de su copa.

—Sarah ha dicho que desea dar una fiesta para celebrar nuestra unión.

—Te estás sonrojando —dije, señalando lo obvio.

—Me siento... avergonzada.

—¿Por la fiesta? —pregunté.

Negó con la cabeza.

—Porque todos sabrán lo que hice. Lo que *hicimos*.

Fruncí el ceño.

—Nadie deshonrará nuestra unión. Pensarán, como yo, que eres valiente y audaz.

Se sonrojó aún más, pero sonrió.

—Usualmente no soy tan valiente —admitió—. Usualmente dejo las cosas pasar, dejo que la gente se salga con la suya.

Se mordió el labio y miró su vino; la tristeza en sus ojos hizo que mi corazón se partiera por ella.

—Especialmente los hombres.

—¿De qué estás hablando? ¿Los hombres de tu mundo te lastiman? —pregunté, entrecerrando los ojos mientras la bestia se movía incómoda; molesta por su obvio dolor.

La bestia quería matar cualquier cosa y a cualquier persona que se atreviera a lastimarla. Lo cual era estúpido, irracional, y completamente ilógico; especialmente cuando aquellos hombres estaban al otro lado de la galaxia, en otro planeta.

Sacudió la cabeza.

—No como tú crees. Pero no soy virgen. Traté de que... Quería que el sexo significara algo. Pero los hombres que elegí tenían otras ideas. Nunca era lo que ellos buscaban.

Entonces me miró; sus profundos ojos verdes estaban llenos del dolor del rechazo. Idiotas.

Mi bestia gruñó al imaginarla siendo usada de esa manera. Tomé su cinta, me llevé su mano a los labios, y besé su palma.

—Eso no sucederá nunca más. Te quiero, Tiffani. Eres mía. Nunca dudes de mi deseo por ti.

Sacudió la cabeza al notar la vehemencia en mi tono de voz.

—Por eso fui el Centro de Procesamiento de Novias. Quería encontrar a la persona *correcta*. Quería que la unión fuese... perfecta. Ella me prometió que me querrías, que no te importaría mi...

—¿Qué? Termina tu oración —gruñó la bestia nuevamente.

—Mi tamaño.

Tomé su copa y coloqué ambos vasos sobre la mesa. Atrayéndola hacia mí envolví mis brazos a su alrededor, me hundí en su suavidad, y bajé mi frente hasta la suya.

—Eres perfecta. No te preocupes por ser más pequeña que las mujeres de Atlán. Me encanta tu cuerpo.

—No soy nada pequeña.

Sus mejillas se sonrojaron de un color rosa oscuro, pero mantuvo mi mirada.

—Y eres el primero que dice eso.

Bajé mi cabeza hasta su cuello, delineando su mandíbula con mis labios, disfrutando el explorarla suavemente; disfrutando su sabor, el aroma de su piel.

—Eres suave... en todos lados.

Deposité un beso sobre sus senos, a través de su vestido, y bajé mis manos para sentir los hermosos y suaves montículos de su trasero.

—Me encanta como su cuerpo se amolda con el mío; la

manera en la que me hundo en ti, en la que me convierto en uno contigo.

Besé su mejilla, su frente, y sus ojos cerrados.

—Amo tu cuerpo. Eres hermosa, Tiffani. Hermosa, y valiente. Eres todo lo que siempre he soñado en una compañera, y espero pasar el resto de mi vida aprendiendo cada cosa sobre ti.

Ella suspiró y se relajó entre mis brazos, como se suponía que debía hacerlo. Su rendición calmaba a mi bestia como nada más lo había hecho desde que habíamos salido de la celda. Pero había algo en sus palabras que me molestaba; algo que encontraba completamente inaceptable en una mujer fuerte y hermosa como ella.

Un gruñido recorrió mi cuerpo mientras aquel pensamiento se volvía más sólido.

—Tendrás que perdonar a mi bestia interior, pues es bastante sobreprotectora y posesiva en cuanto a ti. Me doy cuenta de que comparto el mismo sentimiento.

—Me... alegra oírlo.

La besé, suavemente, rápidamente.

—Nunca hablarás mal de tu cuerpo nuevamente. Nunca dudarás de mi deseo, ni de tu belleza. Si vuelves a decir ese tipo de cosas te pondré sobre mi rodilla y te daré nalgadas, compañera.

Se estremeció en mis brazos y la besé de nuevo, saboreándola esta vez. Me tomé mi tiempo, no para llevarla a la cama, sino simplemente para disfrutar la manera en la que se sentía entre mis brazos.

—Ahora, cuéntame sobre estos hombres que te lastimaron.

—Oh, no. No eran los malos novios lo que me molestaba. Era solo la vida, Deek. Hablaba sobre malos jefes, malos trabajos, malos caseros... Solo había muchas cosas malas en mi vida. Tenía que tomar una decisión. Continuar con un trabajo sin futuro, o hacer algo para cambiarlo. Así que heme aquí.

—Algunas de las frases terrícolas no se traducen bien con las UPN. No sé lo que es un casero. Dax es un señor de la guerra, pero dudo que sea similar a eso. Sin embargo, comprendo lo que tratabas de decir y todavía pienso que eres increíblemente valiente —le di un beso en la punta de la nariz—. Y muy, muy hermosa.

Entonces sonrió de manera exquisita y brillante, y mi bestia se calmó de inmediato.

—¿Qué necesitas ahora, compañera? Has salvado mi vida. ¿Qué puedo hacer por ti a cambio?

Entonces frunció el ceño.

—No entré a tu celda y me uní a ti esperando alguna clase de pago o trueque a cambio.

La había ofendido, y mi bestia era insolente. Había metido la pata de nuevo, y bajé la mirada al suelo. Me había enfrentado a los peores guerreros del Enjambre y aun así no podía decir lo correcto con esta mujer de la Tierra.

—Mis disculpas, Tiffani. No pretendía ofender. Es solo que no sé lo que te complacerá o no. Estoy tratando de aprender.

—Un baño estaría bien —respondió—. Tenéis baños aquí en Atlán, ¿no?

Mi polla se endureció de inmediato al imaginar su cuerpo exuberante y redondeado hundiéndose entre las aguas de un baño caliente; al pensar que lamería la humedad en sus pechos, que pasaría mis manos, llenas de jabón, por cada una de sus curvas voluptuosas.

La lujuria debió haber nublado mi mirada, porque su respiración cambió en respuesta a mi deseo; su mirada se nubló tanto con calor como con dudas.

—Un baño. Sí. Tenemos baños.

Parecía que la bestia sabía exactamente qué hacer para cortejar a su compañera; mientras que yo no tenía ni la más remota idea de qué hacer o decir, trabándome con mis palabras como si fuese un joven idiota. No tenía delicadeza ni habilidad alguna en la conversación básica.

Tomando mi vino de la mesa, bebí todo el vaso mientras caminaba por la gruesa alfombra hasta el cuarto de baño. Abrí la puerta y me volví para mirarla.

—Aquí. Puedes... un baño...

Me atraganté con lo que debía decir a continuación mientras ella se aproximaba hacia mí, con su mirada sutil y acogedora.

—Genial. Gracias —se estremeció ligeramente—. Estoy un poco... pegajosa.

Asentí, incapaz de hablar. Mi polla se endureció como un tubo de metal en mis pantalones, sabiendo que la viscosidad a la que se refería era mi semilla. Estaba en su coño, rebosándola, marcándola. Me sentí viril y poderoso, y sin embargo, completamente abrumado por su suave sonrisa.

Miedo. Tenía miedo; me aterraba que esta mujer despertara, entrara en razón y huyera. No era un amante delicado, ni un joven soldado inocente. Mi cuerpo portaba las cicatrices de la batalla, al igual que mi alma. ¿Y Tiffani? Ella era la suavidad y la luz; era la risa y la esperanza que necesitaba desesperadamente.

Dudaba que ella me necesitara en lo absoluto.

Podría cuidarla bien, disfrutando del botín de guerra. Si bien mi bestia me había atacado con una intensidad increíble, la fiebre de apareamiento también había sido la causa de mi retiro inmediato y permanente del servicio activo en la flota. Había sido oficialmente relevado de mi cargo.

Habían imaginado que sería ejecutado, pero afortunadamente, ahora era un guerrero emparejado con el botín que acompañaban mi alto rango y años de servicio. La quinta ala de la fortaleza familiar era ahora mía, así como dos casas en la región sur. El Consejo de Atlán me había otorgado tierras y títulos, castillos y riquezas hace años, cuando cumplí la mayoría de edad, con la esperanza de llevarme a casa antes de que la fiebre me llevara consigo. La táctica había funcionado con algunos de mis compañeros de guerra; para aquellos que se habían cansado de la batalla y se habían ido a casa para seleccionar a una compañera antes de que sus fiebres comenzaran.

Pero la mayoría, como yo, no quería dejar a sus hermanos en el campo de batalla. Solo ahora, viéndome obligado a ello, dejaría mi comando y me instalaría en mi nuevo rol en Atlán. Lejos de las líneas del frente, ahora me otorgarían una posición de alto rango en el Consejo de guerra para aconsejar a nuestros caudillos sobre cómo prepararse mejor y entrenar a nuestros nuevos guerreros antes de enviarlos al espacio para luchar en la flota de la Coalición. Los aprendices defenderían nuestro mundo, y todos los mundos, contra la amenaza mortal del Enjambre.

Pero ya había cumplido con lo mío. Diez años había sido suficiente. Fui uno de los pocos guerreros que tuvieron la suerte de sobrevivir, de regresar a casa junto a las comodidades de una compañera que, en este preciso momento, se ponía el velo borgoña alrededor de su cuerpo exuberante y se volvía para entrar en el baño.

La seguí —como si tuviera una correa alrededor de mi cuello y estuviera tirando de mí, y le mostré cómo operar los controles para abrir el agua caliente y aceites perfumados para su delicada piel. Noté una nueva exhibición de juguetes sexuales a lo largo de la pared, grandes y pequeños, ordenados para que se asemejaran a un árbol con ramas. Cortesía, sin duda, de mi leal personal, al escuchar que había tomado una compañera.

Ella apenas los miró, y dirigí mi mirada hacia el suelo, que era menos tentador; hacia la bañera de mármol, hacia la oscura iluminación de marfil empotrada en las paredes; hacia cualquier lugar que no fuera ella, o los juguetes que usaría para darle placer.

Girándome bruscamente, antes de perder el control, salí de la sala, cerrando la puerta tan suavemente como pude; la bestia casi me gruñía para que me desnudara y reuniera con ella en la tina gigante; para que la tomara de nuevo.

Luchando contra el monstruo dentro de mí para que estuviera de nuevo bajo control, no pude resistirme a escuchar los sonidos del baño. Escuché el suave crujido de la ropa cuando su velo cayó al suelo. Su suave suspiro hizo que mi polla palpitara cuando la imaginé sumergiendo su cuerpo desnudo en las aguas calientes.

Los sonidos de salpicaduras y su voz dulce y tranquila, que tarareaba una cautivadora melodía que asumí era de la Tierra, ya que no reconocía las notas.

Mis nudillos estaban blancos, enroscándose alrededor de los brazos de la silla que estaba afuera de la puerta. Sin embargo, me obligué a mantenerme a su lado; me negaba a presionarla. Ella ya había salvado mi vida, su valentía era algo que aún no había comprendido por completo. Había arriesgado todo para transportarse al otro lado de la galaxia para estar con un compañero que no conocía; un compañero en prisión que estaba a punto de ser ejecutado. Le debía mi vida y mi cordura, y nunca podría pagarle.

Orgulloso de mi autocontrol, me senté, mirando la puerta que me separaba de lo que más deseaba. Hasta que ella me llamó.

—¿Deek? ¿Estás ahí?

Salté y me puse en pie, colocando mi mano sobre la puerta. La bestia daba vueltas en mi interior y mi voz se volvió profunda, grave.

—Sí. Nunca te dejaría desprotegida.

La feroz promesa provenía de la bestia más que del hombre, pero en eso estábamos completamente de acuerdo.

Mis esposas eran una señal para todos en Atlán, incluso para aquellos en las naves de la flota de la Coalición, de que ella era mía. Nadie se atrevía a tocar a la compañera de un atlán. Sin embargo, como mi única posesión preciada, la protegería ferozmente.

Las casas y las lujosas propiedades no habían significado nada para mí hasta que ella llegó. Y ahora, eran solo cosas. Tiffani lo era todo.

Oí un chorro de agua, un ligero chapoteo.

—Prácticamente puedo sentirte merodeando por ahí. ¿Por qué no vienes conmigo? Sé que quieres. ¿Tienes miedo?

Aunque sabía por su voz que me estaba provocando, lo tomé en serio. ¿Tenía miedo? Sí. No. Joder.

Mi compañera estaba llamándome, invitándome a reclamarla, a enterrar mi dura polla dentro de su terso cuerpo; a lamer el agua que recorría su piel.

La puerta no estaba cerrada con llave, y la abrí lentamente para no asustarla. El cabello de mi compañera estaba húmedo, los hermosos mechones eran ahora casi negros y estaban peinados hacia atrás para revelar la hermosa redondez de su rostro. Sus labios se veían más gruesos, sus ojos más grandes cuando me vieron entrar en la pequeña sala. Mientras yo estaba cauteloso, ella estaba completamente a gusto.

El mármol blanco la rodeaba; el suelo y la bañera eran de un color blanco cremoso lleno de espirales color gris y plata. El mármol venía de las mejores minas de Atlán. La tina era lo suficientemente grande para acomodarnos a las dos fácilmente, y ella nadó hasta el borde trasero, lo más lejos posible de mí y colocó sus brazos a los costados, flotando en la parte superior del agua. Sus esposas resplandecientes parecían guiñarme, mojados por el agua, y no pude evitar la oleada de satisfacción producida al ver mi marca de propiedad en su cuerpo. Sus grandes pechos flotaban a modo de una encantadora invitación; sus pezones rosados se volvieron de un rojo más oscuro debido al calor del agua. Me quité la ropa blindada que Dax me había dado en la prisión, ansioso por deshacerme del hedor de la celda impregnado en mi cuerpo. Lo había soportado hasta ahora porque también olía a ella.

Mi compañera.

Sus ojos seguían cada uno de mis movimientos mientras me bajaba los pantalones y me quitaba las botas. Ahora completamente desnudo, me paré ante ella usando las cintas solamente; no usaba nada más que el símbolo de su reclamo sobre mí, y le permití que se sintiera satisfecha. Mi miembro estaba erecto, curvándose hacia mi vientre, y su mirada finalmente se enfocó en él.

Se quedó callada por tanto tiempo que no estaba seguro de que fuese bienvenido, hasta que ella dejó escapar un suspiro estremecedor.

—Dios, estás que ardes.

—No estoy ardiendo, compañera. La temperatura en esta habitación es adecuada para nuestras necesidades.

Ella soltó una risa.

—Ardiente, como extremadamente sexy. Es jerga de la Tierra para decir que alguien es extremadamente follable.

Entonces, mi compañera me encontraba deseable.

—Eres tú quien es follable, compañera. Mi polla se pone dura como una roca cada vez que te miro.

Lo tomé con mi mano y apreté la base para evitar la necesidad de sacarla del agua y tomarla allí mismo, sobre el suelo de mármol.

—Mucha cháchara y nada de acción —puso los ojos en blanco y me hizo un gesto para que me acercara con un movimiento de su dedo—. Si quieres follarme, ven aquí y haz algo al respecto.

Mi bestia gruñó. Tal vez no éramos tan diferentes como creía.

—Te gustó cuando te azoté, ¿verdad?

Pensé en lo que había sucedido antes, cuando mi bestia se había apoderado de nuestro apareamiento y la había azotado por sus peligrosas acciones; por haber tomado tales riesgos para salvarme. Tal vez debería haberla besado en lugar de azotarla, pero me había vuelto instantáneamente posesivo y muy sobreprotector. La bestia también había querido estar en control, y no lo estaba. No lo había estado desde que llegó la primera fiebre. Debido a esto, no había sido delicado. Había sido exigente y esperaba sumisión. Ahora, con la cabeza despejada y con la bestia tranquila, tenía que asegurarme de que no la había asustado, de que le gustaba nuestro encuentro, de que quería que fuese tan rústico y salvaje como mi bestia.

Sus pupilas se dilataron y se relamió los labios.

—Sí —susurró.

—¿Y cuándo te até?

Me metí al agua tibia.

—¿Tu coño se humedeció cuando tomé el control?

Un estremecimiento sacudió su cuerpo.

—Sí.

—Ya lo sabía, pero necesitaba escucharte decirlo en voz alta. Es cierto que somos desconocidos, pero somos compañeros elegidos. Eventualmente sabremos todo sobre el otro. Sabrás lo que me gusta y sabré lo que necesitas.

Levantando su barbilla para que sus ojos se encontraran con los míos, vi un anhelo en su mirada. Aceptación. Rendición.

—¿Quieres ser follada, compañera?

—Sí —repitió, como si fuera la única palabra que sabía.

Esa palabra acabó con mi autocontrol y me hundí en el agua, apreté mi dura polla contra su panza y reclamé su boca. Envolviendo mis brazos alrededor de ella, coloqué un brazo detrás de su espalda para protegerla del borde afilado de la tina, y bajé el otro hacia su coño húmedo.

Dos dedos. Profundo. Con fuerza. Rápido.

Gimió en mi boca, y el sonido hizo que me doliera la polla. Estaba mojada, tan jodidamente mojada que sabía que tenía que saborearla.

Alzándola en mis brazos, me di la vuelta y la senté sobre el borde de la tina, con la espalda apoyada contra la pared, a unos centímetros. Mirando sus ojos fijamente, levanté uno de sus pies con lentitud, colocándolo en el costado de la bañera, y luego el otro, hasta que su coño rosado estuvo a la vista; su reluciente excitación fue como un festín para mis ojos.

El remolino del agua de la bañera había borrado mi olor y mi semilla; y mi bestia se despertó con un gruñido, ansiosa por marcarla de nuevo. No nos gustó que nos hubieran lavado, que nuestro olor no la cubriera ni protegiera de los guerreros amorosos que le echarían una ojeada a sus grandes y redondos pechos, a su cuerpo suave, a sus exuberantes muslos; y que querrían follarla, tomarla, reclámala. Una y otra vez.

—¿Por qué me miras así? No te gusta...

La voz de Tiffani era temblorosa, y levantó las piernas, tratando de cerrarlas y de esconderse.

—Lo siento. Pensé... No puedo... no importa.

—¡No!

Dije esa palabra, gruñendo, mientras me movía rápidamente para tomar sus rodillas con ambas manos y forzar sus piernas para que se abrieran más ampliamente.

—No. No te escondas de mí.

—Pero...

Separé sus piernas y me posicioné entre ellas, presionando mi pecho contra su calor húmedo; su abdomen suave y sus muslos eran como una almohadilla para mis enormes hombros.

—¿Pero qué, Tiffani?

—Pero no soy... Quiero decir, lo siento. No importa. No es nada.

Ella apartó su rostro, sus ojos se veían oscuros... avergonzados. Aquella imagen me enojó.

—Te lo advertí, compañera.

—¿Me lo advertiste?

Levantándola del borde de la bañera, la metí en el agua antes de ponerla boca abajo. Levantó las manos hasta el borde de la bañera y se sostuvo; su culo estaba perfectamente expuesto flotando por encima del agua.

—¿Qué fue lo que dije que sucedería si dudabas de mi deseo, si dudabas de tu belleza?

Ella sacudió su cabeza.

—No lo sé.

¡Zas!

Le di una palmada en su culo gordo y redondo, y ella chilló por la sorpresa.

—Eso fue por mentir, compañera. Ahora, dime lo que dije que sucedería si hablabas de ti misma de manera negativa.

—Que me darías nalgadas. Debes estar bromeando.

Acaricié su trasero, su espalda, diciéndole con mis caricias lo hermoso y perfecto que era su cuerpo.

—Nunca le restaré importancia a tu perfección. Tampoco permitiré que nadie hable mal de ti.

Tiré de su cabello para que girara la cabeza y me mirara. Cuando nuestras miradas se encontraron, volví a hablar.

—Tampoco permitiré que tú hables mal de ti misma.

Las lágrimas brotaron de sus ojos y solté mi agarre, le permití que se volviera antes de perderme en su mirada; antes de que me rindiera y la follara antes de darle la tranquilidad que necesitaba; la comodidad y seguridad sabiendo que era yo quien estaba en control, que la honraría, la defendería, la protegería, incluso de sí misma.

¡Zas!

¡Zas!

¡Zas!

Con cada sonoro golpe de mi palma sobre su piel desnuda, ella se retorcía, su trasero se tornaba de un hermoso tono rosa. No la azoté con mucha fuerza, pero el sonido en la habitación de los mosaicos era bastante fuerte.

Volvió el rostro hacia un lado, sus pequeños dientes se hundieron ligeramente en la suave piel de su brazo.

Comprobando su estado mental y la reacción de su cuerpo, bajé mis manos para explorar sus pliegues húmedos y encontré que era suave y resbaladiza; y no era por el agua. Pero el azote no había sido suficiente para mi bestia. Quería el dominio completo; quería tener la propiedad de su cuerpo en todos los sentidos. Quería su sumisión completa. Tiffani necesitaba entender exactamente a quién pertenecía ahora. Su cuerpo era mío. Su placer era mío. Su coño, sus pechos, sus redondeadas nalgas, su piel suave y apretado culo, eran míos. La bestia se animó y supe que mis ojos estaban cambiando de color, volviéndose negros como la noche mientras mi mirada recorría su culo rosa y sus voluptuosas curvas.

Mía. Y estuve de acuerdo.

Extendí mi mano hacia la pared, sacando al más pequeño de los juguetes sexuales curvados de su gancho. Cubrí rápidamente su roseta apretada y el extremo del dispositivo con el aceite perfumado, separé los pliegues de su coño y lentamente inserté el grueso extremo del dispositivo curvo.

—¡Deek!

Sus ojos se abrieron mucho antes de cerrarse con una maravillosa sumisión.

—Dios, ¿qué estás haciendo?

—Asegurándome de que sepas a quién le perteneces.

—Pensé que me estabas azotando.

—Lo hago, compañera. Pero no he terminado contigo todavía.

Su única respuesta fue un suave gemido mientras insertaba mi dedo dentro de ella lenta y cuidadosamente; llenando su pequeño agujero. Moví el extremo más grande del dispositivo dentro y fuera de su entrada, girando la cabeza bulbosa más allá de su límite de resistencia; más allá del músculo en su interior que sabía que le traería placer. Cuando estuve segura de que podría aguantar lo demás, saqué mi dedo e introduje el extremo opuesto del dispositivo sexual en su culo apretado.

—Oh Dios.

—¿Quieres que me detenga?

—No.

Mi bestia gruñó, y mi siguiente orden se asemejó más a un gruñido que a una palabra.

—Dime si te duele.

Ella sollozó diciendo mi nombre cuando tiré del dispositivo y lo volví a introducir, follándola en ambos agujeros.

Continué hasta que ella comenzó a retorcerse, rogándome que la dejara correrse.

Y entonces me detuve, enterrando el juguete en lo más profundo de ella.

¡Zas!

¡Zas!

¡Zas!

—¿A quién le perteneces?

—A ti.

¡Zas!

¡Zas!

¡Zas!

—Di mi nombre, Tiffani. Quiero escuchar mi nombre saliendo de tus labios. Quiero que sepas quién te está follando, quién está metiendo esta dura barra en tu culo, quién te está azotando y adorando.

—Deek. Deek. Deek.

Mi nombre era como un cántico en sus labios y continué, follándola y azotándola hasta que se quedó inmóvil;

temblando, desesperada. Completamente a mi merced. Podía hacer lo que quisiera con ella. Tenía su rendición completa.

Aquella imagen calmó tanto al hombre como a la bestia, y de repente no pude esperar para darle exactamente lo que quería, para recompensarla por confiar en que cuidaría de ella, para darle lo que necesitaba.

—¿Quieres correrte?

—Por favor.

Retiré el juguete de su cuerpo, liberándola para mí. Para mi boca. Para mis dedos. Para mi polla dura.

Le di la vuelta, la alcé y la senté una vez más en el borde de la bañera. Como antes, puse sus pies a los lados, separándolos para mí. Mi mirada inspeccionó cada centímetro de piel, cada peca y curva; los preciosos pliegues rosados que rodeaban su centro de placer; el profundo y oscuro abismo que esperaba, ansioso y vacío, por mi lengua o mi polla. En este momento, me estaba costando mucho decidir qué debía darle primero.

No se movió, simplemente me miró y esperó, sumisa, indefensa, confiada.

Mi polla se sacudió bajo el agua y sentí un dolor en el corazón. Nunca había soñado con ver esa expresión; la de una entrega tan completa en el rostro de una mujer.

Mi compañera. Por todos los dioses, realmente era perfecta.

—Ahora, ¿dónde estábamos?

Sus ojos estaban cerrados y recostó su cabeza contra la pared, aceptando lo que yo haría con su cuerpo. Se relamió los labios, y luego habló:

—Estabas a punto de perder el control conmigo y hacerme olvidar todo y a todos; menos a ti.

No pude evitar esbozar una sonrisa muy posesiva.

—Exactamente.

Bajé mis labios hasta su coño y metí mi lengua profundamente, reclamándola de la manera más elemental que pude. Sus jadeos de placer, la humedad que cubría mi lengua eran todo el estímulo que necesitaba mientras me daba un festín con su sexo. Usé los dedos y la lengua, los labios y los dientes, tirando y chupando hasta que aprendí lo que la hacía jadear, contener la respiración, estremecerse.

Metí dos dedos en su coño, follándola mientras chupaba su clítoris, ansiosa por llevarla hasta el orgasmo, para hacerla perder el control. El apretado centro de su trasero me atrajo, y poco a poco introduje un tercer dedo dentro de ella, decidido a reclamarla completamente en todas partes.

—Mía —le susurré cuando se movió para escapar de la nueva sensación.

—¡Deek!

—Mía.

Se acomodó y reanudé mi asalto a su clítoris, follándola cada vez más fuerte con mis manos mientras aumentaba la presión y el ritmo de mi lengua. Me ocupé de su cuerpo hasta que ella gritó; las paredes de su vagina palpitaban con espasmos impotentes sobre mis dedos.

Antes de que terminara, salí del agua y me posicioné sobre los escalones para alinear mi polla contra su impaciente coño; y entonces me sumergí en lo más profundo de ella y me hundí en su calor, aún pulsante.

Dejé que la bestia se hiciera cargo, ahora que había encontrado su placer, embistiéndola con fuerza y profundidad, follándola contra la pared como si fuera algo salvaje mientras ella tiraba de mí; mientras tiraba de mi cabello, insistiendo en que la follara más fuerte.

Más rápido.

Más adentro.

Me encantaban sus obscenidades; me encantaba la forma en que sus fluidos bañaban mi polla; la forma en que su cuerpo suave se movía con cada firme estocada de mis caderas.

Cuando se corrió otra vez, su coño me apretó como si fuese

un puño, y finalmente me permití correrme, cubriéndola con mi aroma, con mi semen.

El hombre dentro de mí insistió en que la bañaría después, pero la bestia estaba a cargo.

Cuando terminó con ella, la llevó a la cama y la sostuvo en brazos; le gustó la idea de que nuestro hijo ya estuviera arraigándose en su vientre; de que nuestra semilla estuviese profundamente enterrada, de que nuestro aroma cubriera sus labios, su coño, sus muslos.

———

*T*IFFANI, *una semana después*

—¿Es que se tienen fiestas así en Atlán? —le pregunté a Sarah.

Había pasado una semana desde que Deek se había curado de la fiebre. Días a solas en su casa; días de sexo. Mi cuerpo estaba dolorido en todos los lugares correctos debido a sus ardientes y ávidas atenciones. Parecía que era tan insaciable como yo.

La única razón por la que me había dejado vestirme era porque Sarah había tocado a la puerta principal, impaciente por comenzar a planificar el evento.

—No es una fiesta de compromiso, pues ya eres su pareja. No es un banquete de bodas, ya que no tienen bodas —respondió—. Pero sí tienen celebraciones de unión. Ya se los he preguntado.

Estábamos en la cocina de Deek —era también mi cocina, pero no me había hecho a la idea— y Sarah me mostraba cómo cocinar usando estas extrañas máquinas. No había refrigerador, ni batidora, ni tostadora. Todo era distinto, y estaba agradecida de que comprendiera mi total confusión. Ella también había llegado a Atlán hace poco tiempo.

Sí, parecía que teníamos sirvientes constantemente y por doquier. Pero si me daba hambre en medio de la noche, sería muy vergonzoso tener que despertar a alguien para que me preparara un tentempié. Y no estaba acostumbrada a sentarme todo el día haciendo nada. Había trabajado cincuenta horas a la semana por años, y aunque me encantara quedarme en cama con Deek, tendría que encontrar algo más que hacer. ¿Y planificar fiestas? No era mi tipo de cosa.

—¿Una celebración de unión? Todos celebrarán que nosotros... dormimos juntos. Eso es todo. Se ve raro. Es demasiado.

Tomé mi taza de café para esconder mi vergüenza. Bueno, era lo más cercano al café que tenían en Atlán; eran granos oscuros de una planta cuyo nombre olvidé. Sarah me había enseñado cómo prepararlo, cómo agregarle endulzante para que no estuviese amargo.

—Y no conozco a nadie aquí.

—*Estás* emparejada, Tiff, y todos saben cómo ocurre eso.

Sarah rodó los ojos, y entonces se rio de mí.

—En serio, no es diferente a un convite de la Tierra. ¿Cuántas novias siguen siendo vírgenes hoy en día? Todo eso del vestido blanco y virginal es un chiste. Con un atlán, el sexo *es* la boda. Ahora puedes tener tu fiesta.

—Sí, pero no estamos casados. Solo tuvimos sexo. Me parece raro tener una fiesta para celebrar eso.

—Una unión es más importante que una boda, Tiffani. No hay nada parecido al divorcio aquí, ni se puede cambiar de opinión. Esta gente se une de por vida.

Me sentí incómoda al pensar en eso, justo como me había sentido hace unos días, cuando Deek y yo hablamos sobre eso por primera vez. No parecía estar muy preocupado; decía estar orgulloso de presumirme, de hacer que los otros guerreros se sintieran celosos. Claro, no tenía ni una pizca de humildad en su ser. Realmente estaba orgulloso de que hubiese irrumpido en su celda y lo hubiese follado hasta dejarlo del revés.

Yo también estaba orgullosa de lo que había hecho, pero no estaba orgullosa de lo que tuve que hacer. Había entrado en una celda para ver a un completo desconocido, y tuve sexo con él.

Para Deek, mis acciones merecían, prácticamente, una medalla de honor. Lo había reclamado, y luego él me había atado y reclamado del mismo modo. Oh, ¡y sí que me había reclamado desde entonces! Al saber que me gustaba que me ataran, había usado la banda de mi vestido en más de una ocasión para inmovilizar mis manos cuando me tomaba, o para atarme en la cabecera de nuestra cama.

Deek era creativo, y muy meticuloso. Mis pezones se endurecieron simplemente al pensar sobre eso.

—Conozco esa mirada —dijo Sarah con una sonrisa burlona.

Sacó un plato de una unidad en la pared que tenía comida, y salía humo desde arriba. Olía delicioso, pero no era nada que hubiera visto antes, y me quedé mirando la mezcla que había puesto frente a mí. Deek me había dado comida, claro está, pero no le había prestado mucha atención, pues siempre había estado desnudo. Pero con Sarah sirviéndome...

—Raíz goju. Te gustará —dijo, yendo hacia la máquina para servirse un plato para ella.

Fruncí los labios y contemplé el vegetal color púrpura. Solo lo acepté luego de que ella se hubiese sentado, y entonces probé un bocado.

Mis ojos se abrieron al sentir el sabor dulce.

—Sabe a... patatas... ¡con mantequilla!

Sarah apuntó su tenedor hacia mí.

—¡Exacto!

Masticó y tragó.

—La fiesta será mañana por la noche. Dax no está muy emocionado por celebrarla en nuestra casa, pero eso es solo porque nunca antes lo ha hecho. Le aseguré que todo estaría bien —se inclinó y susurró, como si su compañero estuviera cerca para curiosear—. Los guerreros atlanes no son muy fiesteros.

—Me pregunto cómo le has asegurado eso.

Subí y bajé mis cejas.

Ahora era el turno de Sarah de sonrojarse.

—Conocerás a otros atlanes y harás amigos. Estarán las novias de otros guerreros, y por supuesto, estará Tia. Creo que es la prima tercera de Deek o algo así.

Probé otro bocado de la raíz goju.

—Deek la mencionó, a ella y a otras personas que estarán allí. Su padre también estará. Angle o algo.

—Engel Steen. Dax dijo que es un pez gordo; está a cargo de todas las provisiones que van a otros mundos. También es rico. Luchó en las guerras del Enjambre por mucho tiempo antes de volver a casa. Tia es su hija. Aparentemente, Tia y Deek estaban comprometidos desde niños, pero entonces Deek nunca volvió de la guerra; solo era ascendido y le daban distintos rangos. Y cuando finalmente regresó, tenía la fiebre de apareamiento. Engel de verdad quería que Tia fuese la pareja de Deek, pero Deek se negó, y probablemente Tia también sabía que no era su compañera... Si es que no estaba al tanto ya. Y entonces apareciste tú.

—¿Y arruiné su plan maestro?

Bajé mi utensilio, y tomé un trago de vino. Los atlanes no querían vino, lo cual era fantástico. Hacía que momentos como este, en los que quería enterrarle el tenedor en el ojo a Tia, fuesen más aceptables. Ni siquiera la había conocido, pero estaba increíblemente celosa de que tuviese el más mínimo interés por Deek. Quizás yo también tenía una bestia interior.

Sarah resopló.

—No creo que tratar de obligar a un señor de la guerra atlán, y mucho menos a un comandante de operaciones electo, a que haga algo que no quiere sea un plan maestro.

—¿Qué quieres decir con electo? ¿Es que no son ascendidos, como los soldados regulares?

Sarah sacudió la cabeza.

—Para nada. Los atlanes son tipos duros. Si algún humano insignificante o un comandante de Trión tratara de darles órdenes en el campo de batalla, probablemente les arrancarían la cabeza. He visto a Dax en acción luchando contra el Enjambre. Son jodidamente aterradores cuando pelean.

—¿Así que eligen a sus comandantes?

—Sí. Y Deek era un comandante con miles de guerreros bajo su mando. Es por eso que es famoso ahora, y súper rico.

Viendo su hogar, sí que parecía serlo, pero Deek no era del tipo de persona que alardeaba sobre eso. Claro, ni siquiera había salido de la casa todavía. Sin embargo, todavía luchaba por arreglármelas desde que mis padres habían muerto; había pasado toda mi vida viviendo de cheque a cheque. Era tranquilizante saber que ya no tendría que matarme trabajando para un jefe imbécil.

—Y cada mujer atlán en este planeta va a odiarme por completo —gruñí, clavando mi tenedor en el sustituto de patatas atlán.

—¿A quién le importa? Te quiso a ti.

Probó otro bocado, analizando mi expresión malhumorada mientras masticaba, y luego tragó.

—Han llevado a muchas mujeres a esa prisión, Tiffani. Él rechazó a cada una de ellas. Dax dijo que Tia fue a verlo varias veces. Pero no la quería. Te quería a ti.

—Todavía no me agrada —respondí.

Sarah rio.

—Me siento mal por ella. De hecho, es muy amable... e inofensiva.

La sonrisa de Sarah se desvaneció, y presté atención mientras continuaba.

—No creo que ella lo quisiera, tampoco. Solo no quería que muriera.

—Eso es... bueno.

Lo era, pero un enorme miedo me invadió al recordar lo cerca que estuvo Deek de ser ejecutado, y eso hizo que me agradara más, y que al mismo tiempo quisiera que me agradara menos.

—Sí, bueno, yo lo salvé y no morirá.

—Tenlo por seguro.

Sarah cogió su copa y la chocó contra la mía.

—Pensemos en lo que te pondrás mañana por la noche, y entonces me iré. Estoy segura de que Deek estará inquieto.

—¿Y Dax? —pregunté.

Una pequeña risa se escapó de mis labios mientras pensaba en nuestros compañeros, enormes e intimidantes, amontonados en la pequeña oficina que estaba cerca, tratando de darnos algo de tiempo de chicas, pero incapaces de alejarse demasiado. Dijeron que era por las cintas y por el dolor que nos causaría si estábamos demasiado lejos, pero yo pensaba que solo querían estar lo más cerca posible de nosotras.

—Ya conoces sus bestias.

—¿Sí?

—Por supuesto. Son insaciables. Sé que Dax solo me permitirá estar contigo por un rato, y entonces se dará por vencido y me rastreará.

Sonreí.

—¿Y luego?

Alzó su copa una vez más.

—Y entonces harán que nos corramos hasta que recordemos por qué nunca queremos apartarnos de sus lados.

Choqué mi copa contra la suya, y ambas le dimos un sorbo al vino. Sí, mi compañero era bastante posesivo, no solo conmigo sino con mi tiempo. Estaba agradecida de que comprendiera que necesitaba tener un tiempo con Sarah, mi único vínculo con la Tierra. Pero tenía razón. Deek, tal como Dax, tenía un límite con su paciencia en lo que me respecta; y seguramente me desnudaría y me haría rogar de nuevo en el primer momento en que estuviéramos a solas.

Mi sexo se contrajo al pensar en eso. Dios, sí, me encantaba ser la pareja de un atlán.

7

El sueño fue increíble. Una mujer estaba sobre mí, su liviano peso me presionaba contra la cama. Su piel era suave y tersa, y su aroma hacía que mi miembro se levantara. Besaba todo mi pecho; su boca succionaba sensualmente uno de mis pezones, y entonces bajaba, dando lengüetazos a mi ombligo. Se movió aún más abajo, hasta que sus ágiles dedos abrían mis pantalones. Alzando mis caderas, ayudé a bajarlos, ansioso por sentir su boca en mi miembro. Estaba dolorosamente erecto, colérico y húmedo con mi líquido preseminal.

Había provocado a mi bestia, y aun así, en vez de ir de un lado a otro y gruñir, estaba pavoneándose, dándole la razón a mi mente atlán de que *esto* era lo que queríamos.

Una buena chupada.

Su lengua se movía en círculos alrededor de la cabeza, lamiendo mi esencia gota por gota. Mis dedos se enredaron en su cabello, sujetando sus sedosos mechones mientras la guiaba hasta mi duro mástil y la animaba a inclinar su cabeza. A chuparme profundamente. A meter todo mi miembro en su boca cálida y húmeda.

La succión —Dios, la succión— y el calor de su lengua zigzagueante era demasiado. Arqueé mis caderas, empujándome dentro de su boca. Se sentía tan bien, que mi orgasmo estaba comenzando en la base de mi espina dorsal. El semen hervía en mis pelotas, contrayéndolas, listo para salir. Salpicaría su lengua y su garganta con mi líquido espeso y caliente.

Sí. Por todos los dioses, *sí*.

Mis ojos se abrieron al sentir la conexión con esta mujer. Alzando mi cabeza, bajé la vista hasta mi cuerpo para verla, y mi miembro hacía que sus exuberantes labios estuvieran bien separados.

Tiffani. Mi hermosa y perfecta compañera. Y tenía mi miembro en su boca.

Con un sonido audible, me soltó.

—Hola, compañero.

Su voz era ronca, pero tranquilizante; la sonrisa que me había dirigido era despreocupada y solo para mí. Me había dormido esperándola. Sarah había llegado a nuestra puerta, interrumpiéndonos —interrumpiendo mi tiempo de follar a mi compañera—, pero me había dado cuenta de la emoción de Tiffani por verse con alguien de su mundo natal. No podía negarle nada, ni siquiera verse con una nueva amiga. Así que me había ido a mi oficina y me senté con Dax, escuchando las risas de las dos mujeres de la Tierra que provenían de la cocina. Estaba feliz de que ella estuviera feliz, pero la había llevado a nuestra cama en el instante en que nuestros amigos se fueron. Me había desgastado por completo tras un largo rato de hacer el amor, que había resultado más agotador que pelear contra el Enjambre. Así que luego de tomarla de nuevo, con mi semilla dentro de su cuerpo, me había quedado dormido con una sonrisa en mi rostro y con mi bestia satisfecha, solo para despertarme con la boca de mi compañera en mi miembro.

Estaba respirando audiblemente, y mi necesidad de correrme ejercía una presión palpitante en mis pelotas. Miré las cintas en mis muñecas, incongruentes con mis dedos que se enredaban en su cabello. Vi las cintas de unión en sus propias muñecas mientras sus manos descansaban sobre mis muslos. Las cintas la marcaban como mía. Toda mía. Su largo cabello castaño estaba desparramado sobre mi muslo mientras volvía a tomarme dentro de su boca. Movió la mano a lo largo de la base de mi polla, agitando mi cabeza fuerte y rápido, y casi me corrí en ese momento. Sentí el orgasmo desatándose por mi cuerpo, pero me contuve. Quería sentir mi polla en su coño; mi semilla en su vientre. Quería que mi hijo creciera en sus entrañas. Necesitaba saber que era mía de todas las maneras posibles.

—Tiffani. Detente.

Alzó su cabeza y envolvió sus manos alrededor de mí, girándolas como una despiadada y pequeña zorra mientras yo embestía sus manos.

—Te has dormido —murmuró—. Y no había terminado contigo.

—Mmm —respondí—. Tenía una compañera que me dejó agotado, usó mi cuerpo y pidió orgasmos hasta que me sentí demasiado cansado como para mantenerme despierto.

Sonrió, y tenía la mirada de una mujer que conocía el poder que tenía sobre mí. Puede que yo sea el dominante, pero ella tenía todo el control. Con su aliento rozando mi miembro, duro como una roca, haría lo que sea que quisiera.

Relajando su agarre, se incorporó. Maldita sea, estaba desnuda y redonda; era tan jodidamente suave en todos lados, tan perfecta. Gruñí, incapaz de contener mi orgasmo, y mi semilla brotó, caliente, a lo largo de mi panza. Sus ojos se abrieron mientras observaba como me corría, un espeso pulso tras el otro. No podía controlarlo, no podía negar el placer, pues me había llevado al límite con su cálida boca y luego me había tirado por la borda cuando se sentó y me mostró su cuerpo desnudo. Exuberante, senos grandes, pezones duros. Piel pálida y cremosa, curvilínea y perfecta entre mis manos. Me había corrido como un joven caliente.

Era demasiado hermosa. Todo lo que tenía que hacer era mirarla, y ya estaba perdido.

—Se supone que eso debe ir dentro de mí —me reprendió.

Se mordió el labio y me analizó mientras yo recuperaba el aliento; el placer y el alivio del orgasmo hacían que mi cerebro se ralentizara hasta llegar a un letargo.

Y, aun así, todavía miraba mi polla, sus manos todavía jugaban con ella; delineaba su contorno, sus crestas, con sus delicados dedos.

—¿No se supone que debe bajarse luego de que te corras? —preguntó, observando mi miembro, que estaba todavía duro.

No estaba "bajándose", como ella había dicho, sino que se estaba volviendo duro de nuevo.

Cogí la sábana suelta y me limpié el semen.

—No te preocupes, tengo mucho más. ¿Ves lo que haces conmigo, compañera?

—¿Tu bestia nunca se calma? —preguntó.

Me detuve un momento para pensar en mi bestia. Estaba algo domada, así como siempre estaba luego de un orgasmo. Pero en los últimos días, mientras Tiffani y yo nos tomábamos el tiempo de aprender cosas sobre el otro —hablando y follando— la bestia siempre la quería. Nunca me ablandaba luego de un orgasmo solamente; parecía nunca abrirme paso a través de la cálida necesidad que hervía a fuego lento justo debajo de la superficie.

Pensé en los otros señores de la guerra con los que había hablado a lo largo de los años, los guerreros prillon que había visto en las naves tomando compañeras. Habían afirmado que el deseo por sus compañeras no era como un fuego; no era como algo que pudiera extinguirse. No, la lujuria y necesidad era como una estrella ardiente. Se iluminaba y disparaba luz por nuestras maltrechas almas como una tormenta; y luego disminuía mientras que la continua combustión esperaba entrar en erupción nuevamente.

Ahora Tiffani era mi mundo, y quería que comprendiese eso. Necesitaba que conociera la profundidad de mi devoción hacia ella. Sacudí la cabeza lentamente y alcé mi mano con suavidad para acariciar la curva de su mejilla.

Cuando apoyó su rostro contra mi palma, sentí una satisfacción que competía con el sentimiento que tenía cuando gritaba mi nombre, cuando su coño se contraía, mostrándole su placer a mi miembro.

—Nunca, Tiffani. Ni la bestia ni el hombre. Ninguno tendremos jamás suficiente de ti.

Se sonrojó, y el lindo color rosa tiñó sus mejillas. Eso me lo había esperado. Pero también había esperado que apartara la mirada, que rompiera la intensidad de mi mirada mientras yo trataba de absorber su esencia con mis ojos.

No hizo nada de eso. Sus ojos color verde oscuro seguían conectados con los míos, y la emoción que vi en ellos hizo que mantuviera la respiración; entró en tropel en mi miembro como si fuese un rayo, e hizo que me endureciera al instante como si fuera hierro en sus manos.

—Mi trabajo es aliviarte —dijo, apretando la base de mi miembro con su mano y acariciándolo con destreza—. Déjame hacer mi trabajo.

Gruñí ante su comportamiento atrevido. Sí. Me tumbaría aquí y dejaría que hiciera lo que quisiera. No estaba acostumbrado a dejar que alguien tuviese control sobre mí, pero me sometería por Tiffani. Por los momentos. Su agresión sexual, su deseo por mí, no era poco excitante. Sí, si quería estar a cargo pondría mi cuerpo bajo su cuidado. Y mi bestia también.

Me tocó con sus manos y boca, llevándome al límite del orgasmo solo para soltarme antes de que me pudiese correr en su garganta. Entonces me provocó con sus manos; sus exuberantes labios exploraban mi cuerpo con pequeños mordiscos y lamidas destinadas a desafiar mis límites. Me di cuenta, mientras me llevaba a un estado febril y se detenía una y otra vez, que me estaba probando; estaba poniendo mi control a prueba.

Pero mi bestia no podía negarse. No podía contenerme, no podía resistirme a ella. Me acarició por un tiempo, mis caderas se movían para recibir más. Siguió sujetándome mientras alzaba una pierna y la ponía alrededor de mis caderas, haciendo que se abriera para que mi miembro se acunara contra su coño.

—¿Tu trabajo? —dije, mordiéndome el labio para evitar correrme de nuevo—. Follar a mi compañera no es un trabajo.

Me senté y comencé a besar su hombro. Ella gimoteó.

—Besar a mi compañera no es un trabajo.

Mi boca conectó con la suya, y no fue un beso inocente. No podía serlo. Me había presionado demasiado. Era explosivo, mi lengua encontraba la suya, entrando y saliendo de su boca como haría mi polla con su coño próximamente. Rompí el beso y estábamos jadeando audiblemente. Bajando mi cabeza, metí uno de sus pezones en mi boca, lo succioné y tomé con mi lengua, y le di un suave mordisco a la punta con mis dientes.

—Hacer que tus pezones se endurezcan no es un trabajo.

Hice lo mismo con el otro pezón, y sus dedos se enredaron en mi cabello. Quería provocar su pasión, quería llevarla al límite del orgasmo antes de tomarla. Quería que se volviera tan loca como yo, tan salvaje como mi bestia.

Deslicé mis dedos entre sus muslos abiertos, los mojé con su humedad, y los llevé a mi boca, lamiéndolos hasta dejarlos secos.

—Probar tu coño no es un trabajo, ni hacerte correr.

Los pesados párpados de sus ojos centellearon con intensidad y luego se cerraron al oír mis palabras carnales, mientras yo alzaba sus caderas y la hacía descender sobre mi miembro. Me acomodó dentro de ella como si fuese un guante, tomándome profundamente. Ambos gruñimos de placer. Era tan cálida, tan húmeda y tan estrecha. Yo era grande, pero me tomó completamente. Encajábamos a la perfección. *Ella* era perfecta.

Entonces comenzó a cabalgarme, poniendo sus manos sobre mis hombros para mantener el equilibrio y obligando a la bestia a aferrarse a sus exuberantes caderas y mirar su rostro, el resplandor de su piel, la manera en la que su boca se abría mientras gemía cuando alzaba sus caderas, entrando más profundo que antes. Había echado su cabeza hacia atrás y cerrado los ojos, dejando su boca abierta mientras respiraba audiblemente. Sus senos se movían y sacudían mientras me usaba para su propio placer, y yo no podía apartar la mirada. No quería detenerla.

Esto no era hacer el amor delicadamente. Esto era salvaje y carnal. Intenso y poderoso. La ayudé a llevarla al límite y más allá cuando pasé uno de mis dedos sobre su húmero clítoris y lo acaricié por los lados, y luego por encima, donde su capuchón se había retraído.

Sus uñas se enterraron en mis hombros mientras gritaba. Sentí como sus paredes internas se contraían alrededor de mi miembro, tratando de acomodarlo más adentro. Sus jugos me bañaban por completo a modo de bienvenida, y usé su humedad para deslizarme dentro y fuera de ella con un ritmo más rápido, provocándole un orgasmo y llevándola al próximo. Su aroma provocaba a la bestia, y sabía que exigiría saborearla pronto. Jamás tendría suficiente del sabor de su excitación en mi lengua; dulce como la piel, pero salvaje y oscura, apaciguando a mi bestia.

El salvajismo estaba justo bajo la superficie; la bestia gruñó y yo tomé el control, inmovilizándola mientras comenzaba a follarla.

—Maldición —murmuré.

Era estrecha, tan estrecha que me estrangulaba como una enredadera. Estaba tomándola sin pensar. La estaba follando. En celo, como un animal salvaje.

Ella gimió y me paralicé por un milisegundo, temiendo haberla lastimado. Su suave cuerpo se sentía tan bien en mis brazos que había comenzado a perder el control, tomándola como yo quería. Follándola fuerte, obligando a su cuerpo a dilatarse, a acomodar dentro de sí mi enorme miembro.

—¡No te detengas! —tiró de mi cabello, sacudiendo sus caderas a modo de protesta.

—Joder, jamás me detendré —gruñí.

Sus ojos se abrieron, incluso mientras la embestía una y otra vez.

—Eres mía. Eres tan jodidamente hermosa.

Sus ojos color esmeralda conectaron con los míos. En ellos vi la pasión y el deseo; la necesidad de correrse de nuevo emergía como nubes de lluvia antes del relámpago.

—Mía. Mía. *Mía* —murmuraba con cada estocada penetrante.

Era mi compañera. Lo sabía. Mi bestia lo sabía. Su aroma, su sensación, su sabor. Incluso sus sonidos al correrse. Todo eso tranquilizaba a la bestia y la hacía aullar de felicidad.

En cuanto a mí, el hombre, necesitaba correrme. Mis pelotas se habían vaciado sobre mi panza hace un par de minutos, pero había más semilla para ella. Siempre habría más. Así que mordisqueé la unión entre su cuello y su hombro, y moví mis manos para sostener su trasero, para abrir más su coño. La embestí mientras usaba mis manos para subirla y bajarla en mi polla.

—Córrete de nuevo, amor. Córrete en mi polla —le susurré al oído, mi voz era deliberadamente suave, pues mi polla no lo era.

Quizás fue la orden de mis palabras. Quizás había sido el

hecho de que estaba aceptándola como mi compañera. Quizás era que estaba sosteniendo su culo entre mis manos, que la estaba inmovilizando, obligándola a ceder ante mi voluntad.

Sea cual fuere la causa, sus paredes internas se contrajeron, empujándome más hacia adentro. Su orgasmo sacudió su cuerpo, pero no gritó. No hizo ningún sonido mientras me corría en su interior, llenándola con mi semen. La hice mía, la cubrí con mi esencia.

Nuestros orgasmos nos habían sincronizado, conectándonos y uniéndonos tanto como lo hacían las cintas.

Era mía. Yo era suyo. Y la bestia estuvo satisfecha una vez más.

8

—¿Cuánto tiempo debemos quedarnos? —me incliné y le susurré a Tiffani al oído.

Por supuesto, mi bestia detectaba su aroma femenino, y no podía evitar besar un costado de su cuello.

—No aguantaré mucho viéndote con ese vestido.

—Solo hemos estado aquí treinta minutos —replicó, volviendo la cabeza para mirarme fijamente, pero podía ver la alegría en su mirada.

Mi cumplido la había complacido.

Tendría que darle cumplidos con más frecuencia.

Sus ojos verdes se veían realzados por el rubor que se había puesto en su rostro. Su vestido combinaba perfectamente con el color de sus ojos. Cuando salió de nuestra habitación con su vestido, casi me corrí en mis pantalones. Mi bestia habría querido saltar sobre ella y follarla justo en la puerta.

De hecho, estaríamos en la cama en este momento,

desnudos y satisfechos, si ella no hubiera levantado la mano ni amenazado de muerte si yo estropeaba su peinado. No tenía idea de lo que estaba hablando hasta que señaló el elaborado diseño de su grueso cabello castaño. Estaba apilado sobre su cabeza de una manera que le había llevado a ella y a Sarah más de una hora. No tenía ninguna queja, porque enmarcaba perfectamente la redondez sensual de su rostro y hacía que sus ojos parecieran mucho más grandes.

Era como una fantasía. Ninguna mujer tan bella podría ser real.

Pero ella era real. Y ella era jodidamente mía. Siempre. Era el bastardo más afortunado del universo.

Ella me sonrió y tomó mi mano con la suya, mucho más pequeña. La pequeña demostración hizo que algo apretado se aflojara en mi pecho. Gracias a los dioses, ninguno de nosotros tuvo vergüenza por nuestra conexión. Ese leve movimiento, sus dedos entrelazados con los míos, era tan público como las cintas alrededor de sus muñecas. Pero *ella me* estaba reclamando. De pie a mi lado en una sala llena de extraños y declarándome suya.

Yo era un caudillo *y* un comandante. Había estado en tantas batallas que se desdibujaban en mi mente; se habían convertido en una corriente constante de agonía, rabia, terror y muerte. Esa había sido mi vida. Hasta que apareció ella.

Parpadeé, interrumpiendo mis pensamientos para encontrarla mirándome con una sonrisa tierna en sus labios. Vi aceptación en su mirada. Deseo. Quizás... ¿Me atrevía a decirlo? ¿Amor? En cualquier caso, la mirada fue una invitación descarada y me hizo mover mi polla en mis pantalones y contar los minutos hasta que pudiéramos salir de la fiesta para poder desnudarla y hundirme en ella.

Una pareja atlán emparejada se acercó. Su nombre era Carvax, si lo recordaba correctamente. Estreché la mano del guerrero y le presenté a Tiffani, quien a su vez fue presentada a su compañera. Todo esto tomó dos minutos, pero cuando se dieron la vuelta, mi sonrisa falsa se esfumó.

—Odio este tipo de cosas. Es una de las razones por la que decidí ir a la guerra y no entrar en la política.

—Pero pensé que querías... presumirme.

Una sonrisa traviesa hizo que quisiera darle unas nalgadas.

—Esas han sido tus palabras exactas.

—Cambié de opinión. Te quiero para mí y para nadie más.

Su risa complacida me hizo feliz, igual que la manera en la que su mano estrechaba la mía.

—Eres todo un cavernícola.

No sabía lo que era un cavernícola, pero había sonreído mientras lo decía, así que debía ser algo bueno.

—Ese vestido hace todo el trabajo de presumirte.

Miró su escote, que era muy visible en su vestido.

—Pues aún más con mi ropa delgada.

—¿Qué quiere decir eso? No entiendo. Y no quiero una compañera delgada. Me gustas tal como eres.

Incapaz de resistirme, le di la vuelta y la atraje hacia mis brazos. Bajando mi boca hasta su oreja, susurré, para que los demás invitados no oyesen.

—Me gustas así, suave y redondeada. Me gusta hundirme en tu cuerpo mientras entierro mi polla en tu coño. Me gusta la manera en que se mueven tus senos cuando te follo. Me gusta ver cómo se sacude tu trasero cuando te doy una nalgada con una mano y te follo con la otra.

Su respiración cambió de ritmo y olisqueé la reacción de su cuerpo, el húmedo calor que inundaba su coño al oír mis palabras.

—Compórtate, Deek.

Su voz estaba llena de risas.

—Ya te dije, esta maldita fiesta va a tardarse demasiado. Te quiero desnuda.

Bajé mis manos hasta sus caderas y la atraje hacia mí para

que no echara en falta la firme bienvenida que le estaba dando mi erección.

—El vestido de Sarah es más revelador que el mío —replicó.

—El escote de Sarah es problema de Dax —gruñí—. Resistirme a ti es el mío.

—No quiero que te resistas.

Mi bestia gruñó al notar la descarada seducción que había en sus palabras. Mi compañera era la tentación en persona. ¿Cuándo se iba a acabar esta maldita fiesta?

—Comandante Deek.

Un hombre se aclaró la garganta y yo solté a mi compañera a regañadientes, para que pudiéramos darnos la vuelta y saludar al próximo invitado que había venido a felicitarnos.

Me puse tenso cuando reconocí a Engel Steen y a Tia. Ella estaba vestida de la misma forma que Tiffani; su vestido era de un color rojo oscuro y sus grandes pechos estaban en exhibición. Y, sin embargo, la bestia bien podría haber estado mirando a un soldado del Enjambre por todo el interés que le demostraba a esta otra mujer.

Estreché la mano del otro caudillo atlán. Estaba vestido con ropas holgadas color negro y dorado; su túnica y sus pantalones holgados eran adecuados para un hombre de su estatus; eran las mismas prendas civiles que ahora esperarían que yo usara. Los atlanes siempre estaban listos para pelear y defender a nuestras compañeras de algún otro hombre en la agonía de la fiebre de apareamiento. Había usado armadura de combate por tanto tiempo, que me sentía desnudo en los ropajes color gris oscuro y verde que Sarah había mandado a confeccionar para mí, para que Tiffani y yo "combináramos".

Pensé que la idea era absurda en ese momento, pero permití que las mujeres se salieran con la suya. No me importaba mi ropa. Pero ahora, me gustaba saber que con una sola mirada, todos sabrían que mi compañera estaba conmigo. Mía.

Tia se aclaró la garganta y me miró expectante, inclinando la cabeza hacia mi compañera y levantando las cejas como si fuera el más grande idiota de todo el planeta. Quizás lo era. Pero incluso cuando acepté sus deseos, me sentí aliviado de que me tratara como un irritante hermano mayor una vez más, y no como una posible pareja.

—Tiffani, permíteme presentarte a mis primos. Este es Engel Steen. Es miembro del consejo de Atlán, y está a cargo de todo el comercio interplanetario.

—Encantada de conocerte.

Tiffani extendió su mano en una extraña costumbre de la Tierra que Sarah y Tiffani habían tratado de explicarme. Le había informado que los hombres emparejados no disfrutaban viendo a otro tocar a su pareja. Si los atlanes "estrecharan las manos" como hacían los de la Tierra, los guerreros saldrían heridos.

Como esperaba, Engel simplemente la miró por un momento antes de inclinarse para ofrecer su respeto, como era nuestra costumbre.

—Mi señora, es un honor.

Ella me sonrió en un instante, pero vi la resignación en sus ojos. Yo había ganado este argumento.

Tiffani sonrió a Engel y bajó el brazo.

—Gracias.

—Esta es su hija, Tia.

Vi a Tiffani ponerse rígida ante la mención de Tia, pero dudaba que alguien más se diera cuenta, excepto yo. Ella tenía una amplia sonrisa en su rostro. Tia extendió su mano hacia mi compañera, cuya sonrisa se volvió genuina al aceptar el gesto.

—Es un honor conocerte, Tiffani. Estoy muy contenta de que estés aquí.

Ella se sonrojó, solo un poco, pero sabía que Tiffani había visto cómo subía el color a sus mejillas cuando la espalda de mi compañera se tensó y su sonrisa se volvió forzada una vez más.

—Gracias. Encantada de conocerte.

Tia retiró la mano. Ella era casi una cabeza más alta que mi compañera, sus ojos oscuros se abrieron con preocupación mientras jugaba con su largo y oscuro cabello, arrojándolo sobre sus hombros como si no tuviera nada mejor que hacer. Cuando Tia respiró hondo, me preparé para lo peor.

—Tu vestido es precioso —ofreció Tia, y suspiré con alivio.

La sonrisa de mi compañero se suavizó y se volvió real.

—Gracias. El tuyo también es lindo.

—Como ahora somos una familia, tendrás que permitir que te muestre todo. Aunque Deek es un buen guía, estoy seguro de que te gustaría la perspectiva de una mujer.

Los ojos oscuros de Tia eran sinceros.

—Realmente me gustaría que fuésemos amigas.

—Me gustaría eso.

Tiffani me miró.

—Escuché que te ofreciste a ser la compañera de Deek para salvarlo.

Tia parecía preocupada y temía responder. No la culpo, porque era sabido que las personas en Atlán, hombres y mujeres, eran bastante posesivos. Le di un apretón a la mano de Tiffani para decirle que no matara a mi prima lejana si tenía envidia.

—Sí —admitió Tia finalmente—. Y supongo que probablemente has oído que el comandante Deek y yo estábamos comprometidos cuando teníamos cinco.

Tiffani me miró sorprendida, pero simplemente envolví un brazo alrededor de su cintura y la acerqué más, debajo de mi brazo, mientras Tia continuaba.

—Quiero que sepas que amo a Deek. Él es como un hermano para mí. Crecimos juntos. Pero ninguno de nosotros realmente quiso estar emparejado, Tiffani. Su bestia tampoco me quería. Ambos lo sabíamos desde el principio. Quiero que sepas que, cuando lo visité, ofreciéndome a mí misma, fue porque no podía dejarlo morir sin intentar salvarlo. Simplemente no pude.

Tiffani, tan rígida en mis brazos, se relajó; dando un paso adelante para abrazar a Tia.

—Gracias por intentarlo. Entiendo. Y estoy agradecida. Es bueno saber que Deek tiene una familia que lo ama tanto.

Tiffani dio un paso atrás cuando Engel se aclaró la garganta.

—Sí, Deek. Me siento muy aliviado al saber que estás bien y verdaderamente emparejado. Todos estábamos muy preocupados por ti.

—Gracias, primo.

Nunca había pensado en la oferta de Tia como un sacrificio, como un acto de amor por un hermano. Pero ahora, gracias a Tiffani, entendí, y los últimos rastros de mi ira hacia ella se desvanecieron. Su padre, sin embargo, era otro asunto completamente distinto. Lo que hay entre nosotros no sería una conversación educada en esta fiesta.

Miré a la mujer que había estado dispuesta a sacrificar su propia oportunidad de tener una verdadera unión, su felicidad, para salvar mi vida.

—Gracias, Tia. Me siento honrado.

Tia miró a su padre, dándole un codazo.

—Muy bien —dijo—. Habría sido una pena que un comandante como tú sucumbiera a la fiebre de apareamiento. Habría sido un trágico desperdicio.

Tia y Tiffani continuaron charlando sobre explorar el mercado, ir de compras y cosas femeninas mientras yo miraba a Engel. Sí, lo consideraría un desperdicio. Un desperdicio que hubiese sucumbido a la fiebre en vez de mantener mi posición como comandante en la flota de la Coalición, pensé secamente. Tiffani frunció el ceño levemente, tomando mi mano como si percibiera mi enojo. Me gustó mucho, y a mi bestia también. Era un gesto tan simple, y aun así su roce aliviaba mi irritación como nada más podía hacerlo.

Engel podría ser el primo de mi madre, pero también era un miembro del Consejo de Atlán que había estado en el poder por demasiado tiempo. Me habían pedido favores en el pasado, otros habían usado mi posición en la flota para buscar beneficios; pero jamás me había sobornado alguien de mi propia familia. Hasta que Engel lo hizo.

Cambiar armas de la Coalición con otros planetas primitivos era ilegal. Engel lo sabía. Cada recluta de primer año en cualquier nivel de operaciones de la flota sabía que no les dábamos pistolas de iones a salvajes. Y aun así, Engel quiso hacer justamente eso. Durante su visita le había visto en la *nave Brekk* con dos cajas de láseres siendo montadas a un carguero que iba a entregar asistencia médica a una región de Xerima devastada por la guerra.

Los Xerimios eran bárbaros. Tenían casi nuestro tamaño, sus guerreros peleaban constantemente por mujeres y territorio. El más fuerte se quedaba con el botín. Su planeta estaba protegido por la flota de la Coalición, pero todavía no se les habían dado los derechos o privilegios de ser un planeta miembro. Todavía no.

Había tomado las armas y lo había entregado a las autoridades. Pero Engel tenía amigos en sitios muy importantes, y había sido liberado y puesto en marcha en cuestión de horas tras haber sido arrestado.

El Consejo decidió creer sus mentiras sobre que hubo un error, una lista de carga incorrecta.

Sin embargo, yo no las creí. Y sus repetidos intentos por obligarme a ser el compañero de su hija apestaban a más manipulación. ¿Cuántas personas podría haber intimidado o sobornado si yo me hubiese convertido en el compañero de Tia? ¿Con un poderoso comandante como su nuevo hijo?

—Has sido muy valiente, Tiffani —dijo Tia—. Los canales de noticias no han hablado de nada más desde tu llegada.

Tia respiró hondo, y sus palabras me sacaron de mi ensueño.

—¿Canales de noticias? ¿Cuáles canales de noticias?

Tiffani me miró pidiendo una explicación que realmente no quería dar.

9

eek

Cuando me tardé en responder, Tia le dirigió una sonrisa a mi compañera.

—¿No te lo han dicho? Eres famosa.

Tiffani palideció, tambaleándose, y yo fruncí el ceño por la travesura de Tia.

—Tia, deja de asustarla.

—¿Por qué no se lo has dicho? ¿Cuántas solicitudes de entrevistas has rechazado ya?

Tiffani me miró con un gesto feroz, claramente irritándose.

—¿Y bien?

Con un suspiro, cedí. Dax y yo habíamos discutido este problema largo y tendido en mi oficina hace tan solo unas horas. Eventualmente, tendría que ceder. Mi gente quería conocer a Tiffani; la querían por haber salvado mi vida. Era un bastardo egoísta por guardarla toda para mí. El planeta entendería que mi fiebre de apareamiento necesitaría algo de tiempo para sanar. Pero me estaba quedando sin excusas para mantener a los medios alejados. Más pronto que tarde, las personas curiosas estarían tocando nuestra puerta.

—Veintidós.

—Oh, por Dios.

Los ojos de Tiffani se abrieron con sorpresa.

—Soy una camarera de Milwaukee. Realmente no soy tan interesante.

Suspiré.

—Eso fue ayer.

Tia se cruzó de brazos, bufando.

—No puedes esconderla en tu habitación por siempre, *comandante*.

Tiffani comenzó a reír, pero seguía sonrojándose furiosamente; y extendió su mano para posarla en el antebrazo de Tia.

—Gracias por la advertencia.

Tia lucía estar confundida por el roce —a mi compañera le gustaba mucho el contacto físico— pero entonces sonrió.

—Bueno, ahora somos familia. Y las mujeres debemos permanecer juntas.

—Eso me recuerda algo —dijo Engel.

Todos le miramos mientras sacaba algo del bolsillo de sus pantalones. Era un pequeño saco negro con una cinta dorada.

—Esto es para ti.

Engel extendió el pequeño saco hacia Tiffani, pero me miró a mí.

—Una ofrenda de paz y una disculpa. Bienvenida a la familia, Tiffani.

Tiffani cogió el saco ofrecido y lo abrió, dejando que su contenido cayese sobre su pequeña mano.

—Es hermoso. Gracias.

Los tensos músculos en mi cuello y mandíbula se relajaron en cuanto vi el collar. Espirales de oro entrelazadas con diseños de grafito grabados con los símbolos de nuestro linaje familiar.

Este fue el regalo que había rechazado mientras estaba en la celda de la prisión. Pero esta vez, Tia no me lo ofreció a mí, sino a mi compañera.

Como si hubiese leído mi mente, Engel me miró.

—Ya que Tiffani es tu compañera y esta es una reliquia de la familia, sentimos que es ella quien debería tenerla.

Miré a Tia para ver si estaba de acuerdo. Ella asintió.

—Se verá fantástico con ese vestido, Tiffani.

Tiffani alzó el regalo, ofreciéndomelo.

—¿Me ayudarás?

—Por supuesto.

Yo siempre la ayudaría, así la tarea fuese grande o pequeña.

Alcé el collar y pasé mis dedos por los anillos de metal. Lo recordaba bien.

—Solía sentarme en el regazo de mi abuela y jugar con esto cuando era pequeño. Me gustaba la manera en que las luces se reflejaban en el oro.

—Quizás nuestro hijo haga lo mismo algún día.

Tiffani me regaló esa visión, y me dio la espalda. Abriendo el cierre, coloqué la costosa pieza de joyería alrededor de su cuello, inclinándome para depositar un beso sobre su hombro. Ahora no podía dejar de imaginar a mi hijo sobre el regazo de Tiffani; con su pequeña y rolliza mano extendida para alcanzar los anillos de oro. Realmente agradecido y honrado por el regalo, la solté para volverme hacia Engel.

—Ha sido muy generoso de tu parte, concejal. Y luce perfecto en mi compañera. Gracias.

Tiffani colocó su mano en los gélidos anillos y también dio las gracias.

Otra pareja vino a ponerse en pie junto a Engel. Él los miró y asintió.

—Tenéis que saludar a más invitados. No os quitaremos más tiempo.

Engel asintió y tomó a Tia del brazo, llevándola hasta la

mesa de refrigerios, mientras las palabras de Tiffani los perseguían.

—Llámame, o como sea. ¡Quiero ir de compras pronto!

—¡Hecho!

La sonrisa de Tia estaba llena de felicidad, y olvidé mi enojo contra Engel. Era un viejo jugando a un juego milenario. Yo había hecho mi deber. Entregarlo. Era tiempo que me olvidara del pasado y disfrutara mi futuro con mi nueva compañera.

T*IFFANI*

A*UNQUE ESTABA DISFRUTANDO LA FIESTA*, pensaba igual que Deek. Quería irme y desnudar a mi compañero. Estaba acostumbrada a verlo o en su armadura, o desnudo; pero con estas ropas elegantes, lo que yo consideraba un esmoquin atlán, lucía... increíble. Comestible.

Y, sin embargo, había sido yo quien le había prometido a Sarah que nos quedaríamos hasta que los últimos invitados se fueran. Por lo tanto, tuve que contenerme y resistirme a mi pareja hasta el final. Si mencionaba tener siquiera un poco de interés en irme, o incluso en encontrar una habitación tranquila en algún lugar para hacer un rapidito atlán, Deek me habría puesto por encima de su hombro y se habría despedido. Y así me deleité con su atención constante, su contacto constante y disfruté de algo que nunca antes había tenido: la atención fija de un hombre sexy.

Fue porque siempre me estaba tocando que sentí un cambio en él antes que nadie. Su mano se puso caliente al tacto, como si tuviera fiebre. Se puso inquieto. Sus ojos, que habían estado tranquilos y contentos toda la noche, ahora se lanzaban a cada hombre que pasaba, buscando peligro en cada sombra. Se acercó a mí, merodeándome hasta que se convirtió en algo ridículo.

Apreciaba el hecho de que fuera protector, pero esto era un poco extremo. Literalmente era como si no pudiera estar a más de unos centímetros de mí. Me sostuvo alrededor de la cintura o el hombro en todo momento, haciendo que nuestros cuerpos se tocaran constantemente. Hablaba menos con los invitados. En cuestión de minutos se limitó a dar respuestas de una sola palabra. Gruñidos, incluso.

Lo miré y noté que estaba sudando y tirando del cuello de su camisa. Su piel estaba enrojecida y sus ojos estaban oscuros, mucho más oscuros de lo que alguna vez los hubiera visto. Excepto cuando...

Oh, mierda.

—Deek —dije, tirando de su mano—. ¿Qué pasa?

La pareja que estaba de pie con nosotros notó el cambio en él y se retiró rápidamente, sus ojos cautelosos mientras se susurraban el uno al otro.

—Fiebre —gruñó.

—Vamos a sacarte de aquí —murmuré, tirando de su mano para sacarlo de la sala.

Afortunadamente, me permitió llevarlo.

—Comandante.

Engel Steen se puso delante de nosotros, bloqueando nuestro camino. Su mirada se movió entre Deek y yo, luego se posó en mi compañero con el ceño fruncido.

—¿Hay algún problema? —preguntó.

Sacudiendo mi cabeza y ofreciéndole una sonrisa falsa, traté de pasar de largo, llevando a un gran comandante de Atlán con fiebre de apareamiento a mis espaldas.

—No hay problema. Estamos impacientes por... eh, estar solos.

Engel puso una mano en mi hombro para detenerme.

—Aún no te has reunido con el otro consejero que acaba de llegar. Estará muy decepcionado de haber...

La bestia de Deek gruñó al notar el contacto del hombre, y al instante recordé que los atlanes emparejados tenían una regla de no tocar. Alejándome de la mano de Engel, rompí el contacto del concejal con mi hombro, pero era demasiado tarde. El pequeño gruñido de Deek se convirtió en un rugido total, que prácticamente sacudió las paredes de la casa de Dax y Sarah.

Todos callaron y se volvieron hacia nosotros. Ante mis ojos, Deek cambió. Sus dientes se hicieron más pronunciados, más como colmillos. Su pecho y hombros se hincharon, sus brazos casi se duplicaron en tamaño cuando cada uno de sus músculos se expandió en el modo lucha de la bestia. Se hizo casi medio metro más alto, su columna vertebral se alargó mientras se elevaba para elevarse sobre todos los que estaban en la habitación.

—Deek. Cálmate.

No pude evitar mirarlo, ya que aunque había estado en modo de bestia en la celda de la cárcel, nunca antes había visto la transformación real. Era como ver un episodio viejo del *Increíble Hulk* en la televisión, pero al menos su ropa no se rasgó ni se hizo pedazos. Parecía que los atlanes hacían sus ropas teniendo el modo bestia en mente.

—Todavía tiene fiebre —dijo Engel, con los ojos muy abiertos, mientras ponía las manos delante de él y retrocedía.

Deek estaba jadeando y solo mi mano sobre su pecho evitó que saltara a Engel.

—No tocar —dijo Deek, con la voz oscura y profunda que recordaba que tenía antes de unirnos.

—Aléjate, Engel. No deberías haberme tocado —le dije.

Engel dio otro paso atrás.

—Lo lamento ahora, pero no es en eso en lo que deberíamos centrarnos.

Dax y Sarah se colocaron junto a la mayoría de los asistentes a la fiesta, que se agrupaban. Los guerreros ponían a sus compañeras detrás de ellos, por si acaso. En unos momentos estábamos completamente rodeados por más de una docena de guerreros cuyas miradas agudas y postura tensa me hicieron saber que estaban listos para derribar a Deek en cualquier momento.

Oh, mierda. Me volví hacia Deek, le toqué la mejilla.

—Deek, bebé, cálmate.

Ni siquiera me miró cuando Engel dio un paso delante de nuevo. Parecía como si planeara acercarse, lo que me hizo hacer una mueca y a Deek, gruñir.

Engel se congeló y se volvió hacia Dax.

—La fiebre de apareamiento del comandante Deek ha regresado. Debes llamar a los guardias de inmediato.

Quería darle un puñetazo a Engel por decir lo obvio sobre la condición de Deek, pero quería patearle las pelotas por atreverse, sugiriéndome que arrastraran a mi compañero de regreso a la cárcel.

Me volví hacia Dax.

—No te atrevas. Solo ayúdame a sacarlo de aquí. Soy su compañera. Él estará bien.

—No tocar —repitió Deek, sus ojos se centraron en Engel con una agudeza de láser; con las manos hechas puños—. Compañera.

—¿Compañera? —dijo Engel, con voz incrédula, y un poco demasiado fuerte para mi gusto—. Ella no puede ser tu compañera. Mírate.

Engel levantó el brazo y lo agitó en el aire. Todos se giraron para mirar a Deek, cuyos ojos casi se salían de sus órbitas mientras procesaba la afirmación de Engel. Su respiración era apresurada y entrecortada, como si acabara de estar en la batalla.

—No lo escuches, Deek. Soy tu compañera No me importa lo que él diga.

Aparentemente, al ser desafiado por otro señor de la guerra, la mujer por la que discutía se volvió invisible, pues Deek me levantó y me puso detrás de él, fuera de su camino.

—¡Compañera! —gritó Deek.

—Ella no puede ser tu compañera, comandante. O no habrías perdido el control.

Su tono no era alto ni combativo; era condescendiente, como si estuviese explicando cuánto era dos más dos a un niño de cinco años.

—No vengas con tus explicaciones condescendientes, Engel.

Miré por un lado del torso gigante de Deek para fruncirle el ceño a Engel. Idiota estúpido. Si tan solo me hubiese dejado sacar a Deek de aquí en primer lugar, nada de esto estaría sucediendo. Dios, si antes quería darle una patada en las pelotas, ahora había subido de nivel y quería meterle una bota por el culo.

—Simplemente estoy diciendo lo obvio, querida. No eres su compañera. No puedes serlo.

Antes de que pudiera siquiera gritarle a Deek que se detuviera, se lanzó sobre Engel. El hombre mayor fue derribado y Deek saltó literalmente encima de él, con el brazo levantado para golpearlo. O peor.

Grité, pero mi grito se entremezcló con los gritos de sorpresa de los demás.

Dax dio un paso adelante y agarró el brazo levantado de Deek. Pero Deek estaba enfurecido, y se necesitaron cuatro guerreros más para detenerlo.

—¡Deek! —gritó, usando toda su fuerza de señor de la guerra Atlán para alejarlo de Engel Steen—. Recupera el control de tu bestia. ¡Ahora!

Dax se volvió hacia mí.

—¡Tiffani! ¡Ven aquí y ayúdanos!

Corrí al lado de Deek y coloqué mi mano a los lados de su cintura, envolviendo mis brazos alrededor de él para que supiera que estaba cerca. Parecía ayudar, pero sabía que si los demás lo soltaban, él se lanzaría una vez más hacia el concejal.

—Dioses, ese hombre ha perdido el control. ¡La fiebre lo ha vuelto loco!

Engel yacía de espaldas en el suelo, con los brazos en alto para defenderse. Tenía un pequeño corte en la frente, pero no tenía idea de cómo lo había recibido ya que Deek no lo había golpeado.

Tia se arrodilló junto a su padre, preocupada por su rostro, pero miró a Deek con una mezcla de horror y tristeza.

—Esto no puede estar pasando.

Su mirada se desvió hacia la mía y la miré fijamente, desafiándola a repetir las tonterías sobre que Deek no era mío. Él era mío. ¡Mío!

Dax se colocó entre Deek y Engel, empujando a Deek hacia atrás con toda su fuerza.

No me importaba Engel, solo Deek. La bestia se enfureció. El sudor goteaba de su rostro y de sus ojos. Dios, sus ojos eran como los de un salvaje. Mi Deek ya no estaba allí, solo la bestia.

—Deek —dijo Dax—. Comandante.

Deek gruñó al final, tratando de apartar a la bestia para encontrar su voz.

—Comandante —repitió Dax—. Desiste.

—Mía —gruñó Deek—. Compañera.

A la bestia no le gustaba la idea de que yo no fuera realmente su compañera. Aunque me hizo sentir bien saber que la bestia era tan categórica sobre el hecho de que yo le perteneciera, sabía que este pequeño interludio significaba problemas para Deek.

—¡Ese jefe ha perdido todo el control! —gritó Engel—. Tú lo viste. Ya viste lo que hizo.

Habló con los invitados y ellos asintieron con la cabeza, observando cómo Deek aún luchaba por controlar a su bestia. La fiebre de apareamiento era conocida por todos y reconocida fácilmente. Demonios, yo había estado en Atlán una semana y ya sabía cómo era.

Los invitados empezaron a murmurar.

La fiebre regresó.

Su unión no era real.

Obviamente, la mujer alienígena no era su verdadera compañera.

Necesita ser encerrado.

Qué pena. Será ejecutado.

10

¿*Ejecutado*?

Esa palabra atravesó mi corazón. ¿Cómo se atrevían estos desconocidos a cuestionar lo que teníamos? No sabían nada de nuestra unión, ni de lo que éramos para el otro.

Pero no podía negar que la fiebre había regresado.

—Llama a los guardias —dijo Engel mientras se ponía en pie, con las piernas temblorosas—. Tia, apresúrate y convoca a los guardias. Debe ser encerrado. Es un peligro para sí mismo y para todos los demás en esta sala.

La mirada de Engel se posó en mí, y suavizó su tono.

—Incluyéndote, querida. Lo lamento.

Dax le estaba murmurando algo a Deek, pero no podía escuchar lo que estaba diciendo. Me moví para pararme frente a mi compañero, esperando que el tocarme y verme sana y salva lo tranquilizara. No podía follarlo frente a estos invitados, pero en este punto no importaba. Habíamos follado como conejos durante días y, sin embargo, la fiebre había regresado para reclamarlo.

Mientras tocaba la piel caliente de Deek, la mirada sombría de Engel observaba cada movimiento que hacía. No creía que yo fuera la verdadera compañera de Deek. Lo pude ver en sus ojos. Yo llevaba sus esposas, que se suponía que estaban diseñadas para ayudar a los hombres a controlar a sus bestias. No tenía idea de cómo funcionaba el circuito en los señores de la guerra que las usaban, pero hace dos días había probado el perímetro de mis propias esposas y había colapsado en agonía cuando me alejé demasiado de su lado. Él había discutido conmigo, insistiendo en no querer verme sufrir, pero había sido firme en mi decisión de probarlos.

Y ojalá lo hubiera escuchado. Era como ser electrocutada por un *taser*.

Entonces, me quedé a su lado, contenta de hacerlo de verdad, y no solo porque al contrario me dolería. Le permití que tomara mi cuerpo cuando quisiera. Le había dado todo. *Todo*. Y no había sido suficiente.

Sabía que no era bueno para él ahora. No le podría ofrecer nada. No importa cuánto lo deseara, no era la mujer adecuada para él. Quizás Engel tenía razón. Aparte de las esposas, no teníamos ninguna prueba de un vínculo de apareamiento entre nosotros, sea lo que sea que eso signifique. Me habían dicho al menos media docena de veces que la pareja de un atlán era la única que podía controlar la bestia de su pareja. La única persona en el universo que un atlán en modo bestia escucharía.

Bueno, yo también había fallado en eso.

Los guardias entraron por las puertas con sus detonadores de iones levantados.

—Guardad esas jodidas armas —les gritó Dax—. Es un comandante con la fiebre, no un criminal.

—Él me derribó. Todos lo vieron. Lo siento, Dax. Sé que es tu amigo, pero es peligroso —respondió Engel.

Engel me miró mientras decía lo último cuando ataron a Deek por encima de sus antebrazos.

Los guardias comenzaron a llevarlo hacia la puerta.

—Compañera —gruñó Deek.

—Ella debe ir con él —insistió Dax.

No quería dejar a Deek, pero no esperaba que Dax dijera que tenía que ir a la cárcel con él. No pude hacer nada para ayudarlo a controlar a su bestia. No tenía idea de por qué sí me había respondido la primera vez, aunque no había estado tan fuera de control como lo estaba ahora.

—¡La lastimará! —contestó Tia, colocándose a mi lado—. Puedes quedarte conmigo —dijo, mirándome con ojos tristes.

—Debe ir —repitió Dax—. Tienen las cintas.

Las cintas. Por eso tuve que irme. No porque fuera la compañera de Deek, sino porque el dolor sería demasiado grande si nos separábamos.

—Iré —dije, levantando mi barbilla y moviéndome para pararme detrás de los guardias.

Este fue uno de los momentos más mortificantes y desgarradores de mi vida. Todos sabían que había fallado, que no era suficiente para un comandante. Que yo no era su compañera. Había fallado

—Me quedaré con él —murmuré, tragándome el nudo en mi garganta.

No lloraré.

—¿En la cárcel? —contestó Tia.

—Ya he estado allí antes. No tengo miedo.

Y la verdad era que no podía abandonarlo.

—No estará allí mucho tiempo, me temo.

Engel se acercó y posó sus manos sobre los hombros de su hija, con un suspiro resignado.

—En casos como este, es muy probable que la orden de ejecución se restablezca y se lleve a cabo rápidamente.

Era como si me hubieran apuñalado en el estómago con una daga.

—¿Cuánto tiempo le queda?

No tenía miedo de la cárcel. Tenía miedo de lo que le iba a pasar a Deek. Era mi culpa que estuviera en problemas otra vez. No nos emparejamos correctamente. Su semilla no se afianzó, ni nos unió, o lo que sea. No era suficiente para él. No había complacido lo suficiente a su bestia.

—Horas.

Dax respondió mi pregunta. Las lágrimas se acumularon en mis ojos, pero no tuve tiempo para tener una crisis nerviosa. Se estaban llevando a mi compañero en un gran vehículo de algún tipo para transportarlo a la prisión.

Deek iba a morir. Esta vez, no iba a poder salvarlo.

Dax me acompañó al transporte de la prisión y uno de los guardias me ayudó a regresar. No lo miré a los ojos. No miré a nadie a los ojos. No quería ver lástima allí, ni juicio. Y si veía incluso una pizca de simpatía, iba a derrumbarme. Lágrimas. Sollozos fuertes, altos y feos.

Amaba a mi compañero. Le amaba. Era enorme, y brutal y todo un hombre. Me había hecho sentir hermosa, digna y deseada por primera vez en mi vida, y no quería renunciar a eso. Me encantó la forma en que me folló contra la pared. La forma en que se llevó la cabeza entre mis muslos y lamió y chupó hasta que grité su nombre. Me encantó la forma en que miraba mi cuerpo, mis pechos y mi vientre, como si fuera un delicioso obsequio. Me encantaba estar con él.

Y ahora, por mi culpa, iba a morir.

Me senté en silencio durante el corto trayecto a la prisión, donde me ayudaron a salir del vehículo con Deek detrás. Todavía estaba jadeando, su piel estaba rojiza y sus ojos se movían como si cada sombra escondiera a un enemigo.

Con un suspiro, seguí la pequeña columna de guerreros que nos llevaban a lo largo de un amplio pasillo de color crema, y de vuelta a la misma celda en la que había estado cuando llegué. Bloque 4. Celda 11.

Entré en la celda y me dirigí directamente a la cama, donde me subí y me hice un ovillo.

Si Deek venía, haría todo lo posible por tranquilizarlo. Pero incluso si lo follaba hasta dejarlo seco, chupando su polla y haciéndole gruñir y decir mi nombre con una reverencia que nunca había escuchado de nadie más, no importaría.

Podría follarlo por completo, pero no podía controlar a su bestia. Solo su verdadera compañera podría hacer eso. Sólo su verdadera compañera podría salvarlo. Y si esa mujer aparecía ahora y lo tomaba, uniéndose a él y aliviando a su bestia, mi corazón se rompería en un millón de diminutos pedazos. Se suponía que él sería mío. Para siempre.

Escuché que el campo de fuerza al que llamaban pared gravitacional se encendía, pero lo ignoré. Mantuve mi espalda hacia Deek mientras él caminaba y gruñía. No podía soportar mirarlo. Me dolía demasiado.

Mis lágrimas fluyeron como corrientes silenciosas en mis párpados y las sábanas. Deek no me hablaba, pero después de un rato se subió a la cama y se acostó a mi lado, acercándome a sus brazos. Mi espalda estaba presionada contra su sobrecalentado pecho; sus brazos, del tamaño de un monstruo, estaban envueltos alrededor de mí. Estaba mentalmente agotada, pero me negaba a dormir.

Si solo nos quedaran unas pocas horas, no quería desperdiciarlas no poniéndole atención a la calidez de los brazos de mi Deek a mi alrededor.

La pesada cadena de oro alrededor de mi cuello de repente se sintió como una maldición, como una burla. Ese oro representaba el por siempre, mi lugar en la familia de Deek.

Y ahora no significaba nada más que sueños perdidos y arrepentimientos.

Debí haberme quedado dormida, porque la próxima vez que abrí los ojos fue para escuchar voces de mujeres. Me pareció extraño, pero luego recordé lo que Sarah me había contado sobre las mujeres atlanes que desfilaban por esta prisión, que llamaban centro de detención, para ofrecer a los hombres de Atlán una última oportunidad para encontrar pareja. Su presencia me llenó de ira cuando consideré la posibilidad de que una de ellas pudiera competir para tener a Deek.

Él era mío.

Excepto que no lo era. O no estaríamos aquí.

Levanté mi mano y pasé las sensibles puntas de mis dedos a lo largo de los eslabones tallados dorados y gris oscuro alrededor de mi cuello. Eran un símbolo de mi reclamo sobre Deek, mi estatus como su compañera asignada. Eran una declaración visible de mi dominio sobre él, de mi capacidad para controlar a su bestia.

Excepto que había fallado.

Quizás una de esas mujeres sería más bella, más deseable. Quizás una de ellos podría salvarlo.

Desafortunadamente, solo había una forma de determinar si alguna de las mujeres en el centro podía ofrecer consuelo a los hombres condenados a morir. Eso, por supuesto, incluía follar para ver si la bestia y ellas eran compatibles.

Me moví debajo del pesado brazo que se extendía sobre mi cintura y salí de la cama tan silenciosamente como pude. Cuando Deek se movió, le susurré que volviera a dormir. Lo cual, para mi gran sorpresa, hizo.

Nunca había dormido tan profundamente. Cada noche, todo lo que tenía que hacer era cambiarme de posición bajo las mantas y él ya estaba instantáneamente alerta. Afirmó que se debía a demasiadas misiones de combate, demasiado tiempo en el frente, donde los pocos segundos adicionales que tardaba en despertarse podrían costarle la vida.

¿Pero, ahora, aquí? Apenas levantaba la cabeza; su parpadear era lento, como si sus párpados fuesen pesados.

Sacudiendo la cabeza, caminé hacia la pared gravitacional para encontrar a varias mujeres atlanes moviéndose lentamente de celda en celda por el pasillo, asomándome a cada una y viendo a los prisioneros, decidiendo si alguno era atractivo o no.

Una mujer se detuvo frente a mí. La inspeccioné al otro lado del brillante campo de fuerza e intenté no mostrarle cuánto me estaba doliendo. Era alta, como todas las mujeres de Atlán; casi medio metro más alta que yo. Su cabello era rubio claro, con reflejos brillantes, y caía hasta su cintura. Sus pechos eran más grandes que los míos, pero su cintura estaba recortada y definida, y los músculos de sus brazos y piernas la habrían calificado para una competencia de fisiculturistas en la Tierra.

Y, como si eso no fuera suficiente, era hermosa. Ojos azul pálido y labios rosados. Parecía una modelo, versión gigante.

De ninguna manera podría competir contra eso.

—Hola. Soy Seranda.

Incluso su voz era suave y delicada; hermosa.

Asentí por toda respuesta.

—Estoy aquí para ayudar —dijo, mirando a Deek al fondo.

Mi pulso latía con fuerza, pero intenté evitar que el pánico aumentara.

—¿Ayudar con qué?

—Escuché sobre ti en las noticias y lamento que las cosas no hayan funcionado entre tú y Deek. Es un guerrero feroz y muy respetado.

Su voz contenía más que un poco de admiración cuando apartó la mirada y la posó en la cama que estaba a mis espaldas, en donde mi compañero, mi Deek, aún dormía. Su mirada estaba más que interesada, y contuve el ceño fruncido que sabía que se formaría entre mis cejas. No tenía derecho a ese ceño fruncido. No tenía derecho a Deek. Ya no.

Cuando su mirada volvió a mí, había lástima en sus ojos azul pálido.

—Es hermoso, Tiffani Wilson de la Tierra. Me gustaría ayudarte a salvarlo.

Fruncí el ceño al pensar en lo que estaba insinuando.

—Tú... quieres follarlo y ver si le gustas a su bestia.

—¿Si le gusto?

Se encogió de hombros.

—Su bestia necesita reconocerme como su compañera.

Yo fruncí los labios.

—Sí, soy muy consciente de eso. ¿Qué pasa si no funciona?

—Entonces lo habré intentado, ¿no? Y no habrás perdido nada. Su ejecución fue anunciada no hace mucho.

Mi corazón dio un vuelco, y sentí la agonía como una piqueta enterrándose en mi pecho.

—¿Cuándo?

—Hoy. Tiene ocho horas.

Quería arrancarle los ojos, pero eso no cambiaría nada. Yo no era la compañera de Deek. No tuve control sobre él, ni tengo que decirle con quién debería estar. Yo no era nada para él ahora.

Pero yo lo amaba. Era un amante tierno y cariñoso en un momento, y un animal exigente al siguiente. Siempre me cuidó, me hizo sentir como si fuera su sol y sus estrellas, como si fuese capaz de hacer cualquier cosa por mí. Como si fuese capaz de morir para protegerme. Me hizo sentir querida. Hermosa. Completa. Me había hecho sentirme completa.

—¿Qué pasa si no funciona?

—Entonces se muere.

Ella se encogió de hombros.

—Pero al menos sabrás que intentaste salvarlo. Si dices que no, tus celos egoístas significarán su muerte.

Vaya. Había sacado las garras. La zorra estaba insinuando que le mataría si no la dejaba entrar a la celda y follarlo para tratar de calmar a su bestia. Me lo imaginaba con ella y casi vomitaba sobre mis bonitas zapatillas. Deek era bueno en la cama, no, increíble; pero fue nuestra conexión lo que lo hizo ser de ese modo. Nos habíamos conectado, tal vez no como compañeros, pero de una manera que nunca antes había tenido con ningún otro hombre. Y por eso mi corazón estaba roto. Le amaba. Le había dado más que mi cuerpo. Le había dado mi corazón. Mi alma.

Y ahora tenía que verlo morir.

O, podría ver si alguna de estas mujeres atlanes, incluida Seranda, era su verdadera compañera. Si yo no era su verdadero compañero, permanecer en la celda con él solo garantizaba su ejecución.

En lugar de ayudarlo y consolarlo, lo estaba condenando.

Miré hacia abajo, miré las esposas alrededor de mis muñecas. Me había acostumbrado a sentir su peso, porque eran un constante recordatorio de mi conexión con Deek.

Pero ahora eran como grilletes, manteniéndolo conectado conmigo, aunque yo no fuese la mujer correcta para él. Aunque mi presencia significara su muerte.

Miré a Seranda. Yo era como ella. Sí, más pesada, menos linda, y definitivamente no atlán. Dax y Sarah me habían traído a esta celda esperando que fuera la indicada; que mi cuerpo aliviara a la bestia. El Programa de Novias me había asegurado que la unión era compatible, pero era un programa de computadora y ciertamente no era infalible.

Yo era lo mismo que Seranda, solo que menos. Un fracaso. Las esposas no me pertenecían.

Deek no me pertenecía.

Forcejeé con una de las esposas, tratando de descubrir

cómo abrirla. Frustrada, tiré de ella con fuerza, con lágrimas bajando por mis mejillas. No había llorado antes, pero las esposas eran todo lo que quedaba entre nosotros. Y ahora me estaba deshaciendo de ellas. De nosotros.

Finalmente, encontré la extraña hendidura que soltaba el pasador, y la esposa cedió. Fue mucho más fácil quitar la segunda. Las coloqué en el suelo, a mis pies, y me limpié las lágrimas.

—Llama a los guardias, Seranda. Diles que desactiven la pared gravitacional. Trata de salvarle.

Ella asintió, y su expresión era grave, no victoriosa. Realmente se sentía mal por mí. Creí que respetaba y admiraba a Deek; que realmente le quería y quería salvarle. Y eso hacía que todo esto doliera aún más.

Esperé a que la pared gravitacional fuese desactivada, y caminé por el vestíbulo. Miré por encima de mi hombro y vi a Seranda desajustando los tirantes de su vestido. Pude ver sus perfectos senos antes de entrar a la celda de Deek. Podía imaginármela, desnuda y perfecta, despertando a Deek.

Me di la vuelta y salí de allí, sabiendo que ya no encajaba aquí.

11

eek

Estaba exhausto, tan cansado que no quería despertarme. Pero Tiffani estaba entre mis brazos. No, estaba sobre mí, besando mi cuello y desabotonando mi camisa lentamente. Emití un sonido de satisfacción, pero mi bestia estaba merodeando, como si estuviese dándome un codazo. Me había empujado a despertarme. ¿Por qué? ¿Por qué mi bestia no se tranquilizaría y conformaría al sentir las atenciones de Tiffani?

—Eres tan grande.

Me quedé quieto al oír la voz mientras mi bestia prácticamente aullaba con furia.

El aroma a turines, la flor de temporada que aparecía al inicio de los meses cálidos en Atlán, era empalagoso.

Abrí los ojos y vi cabello pálido. Alguien que no era Tiffani estaba sobre mí, chupando la piel de mi cuello.

Finalmente, despierto, la bestia gruñó y mi pecho retumbó.

Tomando a la mujer por la cintura, por su cintura desnuda, la levanté y reincorporé para ponerme de pie junto a la cama.

Me levanté de un salto y caminé a través de la celda para alejarme lo más posible de ella. Pasando mi mano por mi cabello, vi que estaba completamente desnuda. Ella no ocultó su cuerpo, sino que hizo rodar los hombros hacia atrás y levantó la barbilla para que pudiera ver todos sus... atributos.

—Comandante, estoy aquí para servirle —dijo, y no había duda de la manera en que tenía la intención de *servir*.

—¿Dónde diablos está Tiffani?

La celda no era grande. No era como si pudiese estar escondida debajo de la cama.

—Se ha ido.

Se pasó las manos por sus costados y por caderas seductoramente, luego volvió a subirlas por su vientre plano para acariciar sus pechos. Observé como sus pezones se endurecían. Cualquier hombre atlán se excitaría con ella, pero yo estaba disgustado por su alarde. Ella no era lo que yo quería. Quería cabello castaño y ojos verdes. Quería piel suave y redonda, una mujer en la que pudiera hundirme y dominar, no luchar en la cama.

—¿Se ha ido? —pregunté mientras volvía a la cama; arranqué la sábana y se la arrojé—. Cúbrete, mujer.

—Mi nombre es Seranda, y estoy aquí para calmar a tu bestia —repitió ella.

Forcejeó con la sábana y la sostuvo delante de ella. La mayor parte de su cuerpo estaba oculto, pero todavía ofrecía seductoras tentaciones de las curvas de su cadera y su hombro desnudo.

Sus palabras me pausaron. Mi bestia estaba merodeando y gruñendo porque una mujer sin pareja estaba en mi celda. Desnuda. Encima de mí y lamiéndome el cuello. No se irritó por la fiebre. Esa aflicción se había ido.

Por ahora.

—Mi bestia necesita a Tiffani.

—Tu bestia necesita una compañera, o morirás.

Ella inclinó la cabeza, la molestia hizo que frunciera los labios.

—En menos de ocho horas.

Era hermosa, su cuerpo exuberante y perfecto... para otra persona. También era una zorra.

—Tiffani es mi compañera —dije, con los dientes apretados.

Seranda negó lentamente con la cabeza y señaló las esposas que estaban en el suelo junto a la pared gravitacional.

—No, no lo es. ¿Quién crees que me dejó entrar? Ella te dejó, comandante.

Dirigiéndome hacia ellos, los recogí, aturdido.

Las esposas estaban frías al tacto. Vacías.

—Mierda.

Girando sobre mis talones, me enfrenté a la mujer atlán. Ya había olvidado su nombre. Si me iba de la celda, su rostro, su cuerpo, serían olvidados también. Mi bestia quería a Tiffani y a nadie más. Ella era mi compañera Lo sabía. Mi bestia lo sabía.

Pero todavía estaba afectado con la fiebre. No tenía sentido para mí. Para mi bestia, era simple. Quería a Tiffani.

—Vete —gruñí.

—Estoy aquí para aliviarte.

—No quiero que me alivien. Quiero a Tiffani.

—Yo podría ser tu compañero —respondió ella.

Mi bestia gruñó y se quebró ante la idea.

—No.

—Morirás —dijo ella de nuevo—. Deberías al menos intentarlo, comandante. Tócame. Déjame tocarte. Dame la oportunidad de salvarte.

Ella dio un paso hacia mí, pero yo levanté la mano.

—No.

—Ella se quitó las esposas para salvarte.

La miré entonces para ver si estaba mintiendo.

—¿Qué?

—Ella no quiere que mueras. Para ser una extraterrestre, es... agradable. Ella se quitó las esposas para que pudieras follarme. Para ver si tu bestia se tranquilizaba; si tu fiebre de apareamiento desaparecía.

—¿Ella quería que te follara?

Por primera vez, la mujer atlán parecía menos confiada.

—No, creo que quería sacarme los ojos. Pero ella sabía que no era tu compañera, que no podía salvarte, que no podía controlar a tu bestia. Estaba llorando, comandante, pero fue muy valiente. Se fue para salvar tu vida. No dejes que su sacrificio sea en vano.

No estaba segura de si quería tomar a Tiffani sobre mi rodilla y azotarla hasta que su trasero estuviera rojo y demasiado adolorido para sentarse por una semana, o atraerla hacia mis brazos y besarla profundamente por ser tan desinteresada, tan valiente, tan endemoniadamente obstinada.

De cualquier manera, no importaba. Ella se había ido y yo estaba atrapado con una mujer atlán que quería follar a mi bestia. Mi polla estaba flácida en mis pantalones. Ni el hombre ni la bestia estaban interesados.

Maldición. Iba a morir.

Tiffani

Sarah y Dax fueron lo suficientemente amables como para recibirme en su hogar. No tenía ningún otro sitio a donde ir en Atlán. La casa de Deek ya no era mía. Aunque me habían dicho que era bastante famosa por haber entrado a la celda de Deek valientemente y haberle salvado al emparejarme con él, ahora era infame porque todo esto falló miserablemente.

No tenía idea de cómo encender la versión atlán del televisor, pero no quería hacerlo. Lo que estuviesen diciendo sobre mí no era algo que quisiera escuchar.

Sin amigos y sin perspectivas, tenía que preguntarme qué me pasaría. Según las reglas del Programa de Novias, si una unión no funcionaba por alguna razón, podría encontrar a otro hombre. No podía dejar Atlán y regresar a la Tierra, de acuerdo a las reglas del Programa de Novias, pero podía aceptar la siguiente pareja que fuera una coincidencia aceptable. Pero la unión no sería tan fuerte, no sería lo mismo. No sería Deek.

Pero parecía que no tenía otra opción. Mientras que Deek follaba a todas las mujeres atlanes dispuestas a encontrar un compañero y salvar su vida, tendría que estar con alguien nuevo. O tendría que vivir cerca y verlo con alguna otra mujer, o peor, vivir sabiendo que Deek había sido ejecutado.

Odiaba la idea de que tocara a alguien más; que amara a alguien más. Pero lo amaba demasiado como para dejarlo morir. De cualquier manera, perdí. Lloré hasta quedarme dormida, al menos irregularmente. Me había alejado. Había sido lo suficientemente fuerte como para hacer eso. ¿Qué chica podría hacer otra cosa?

Al principio no pude acostumbrarme porque lloraba mucho. Mi nariz estaba tan tapada que apenas podía respirar y no podía relajarme sabiendo que Deek probablemente estaba follando a Seranda de todas las formas posibles. Pero luego me sentí inquieta por una razón diferente. No podía mantener mis piernas quietas, no podía sentirme cómoda. Me sentía como si hubiera tomado cuatro tazas de café, y mientras mi cerebro estaba agotado por pensar demasiado; mi cuerpo estaba agitado.

Me levanté de la cama y empecé a moverme inquietamente. Mi piel se estremeció y la froté, como si el aire fresco en la habitación de invitados fuera irritante. La luz se volvió demasiado brillante, así que la rechacé. Se me secó la boca y sentí sed. Mucha, mucha sed. Corrí a la cocina y recordé cómo Sarah había tomado un vaso y lo había llenado con agua.

Lo tragué rápidamente y lo llené de nuevo.

Me imaginé a Deek follando a esa otra mujer, clavándola contra la pared mientras su bestia la empujaba sin piedad. Me imaginé la intensa mirada de placer que a menudo había visto en su rostro, el oscurecimiento de sus ojos. Su gruñido.

Dios, ese sonido. Mi coño se apretó y se humedeció, lo que me hizo enojar más. Las lágrimas brotaron de mis ojos mientras bebía un tercer vaso de agua. Mis pechos se estremecieron ahora, y me imaginé la boca de Deek sobre ellos, chupándolos profundamente en su boca, amasándolos hasta que gemía y le suplicaba que me tomara.

Seranda. Ahora su boca estaba en sus senos, en su piel; en su caliente y húmedo...

No. No podía seguir. Necesitaba una distracción. Algo que hacer.

Mirando alrededor de la cocina frenéticamente, con el corazón acelerado como el de un colibrí, vi mi salvación. Una mota de suciedad en el suelo de baldosas blancas. Eso no podía quedarse así. Se veía mal y ensuciaba el piso; probablemente estaba lleno de gérmenes.

Desesperada, encontré un paño y vertí agua de mi taza sobre él. Arrodillándome sobre mis manos y rodillas, comencé a frotar el piso de Sarah, primero quitando esa mancha de tierra, y luego moviéndome más y más a lo largo del sólido piso. Me dolían las rodillas, pero no importaba. Cualquier cosa era mejor que pensar en la sensación de la polla de Deek dentro de mí...

—¡Tiffani! —llamó Sarah.

La miré con los ojos muy abiertos.

—¿Qué?

—¿Qué estás haciendo?

Dax apareció detrás de ella, le puso las manos en los hombros y me miró con el ceño fruncido.

—¿Qué? Había una mancha de tierra en el piso y necesitaba ser limpiada. Todo el piso necesitaba ser limpiado. Hay gérmenes. Bichos. En todas partes.

Volví mi atención a la tarea en cuestión. El sudor corría por mi frente, goteando sobre las baldosas de mármol. Con un jadeo, lo limpié de inmediato, pero otra gota siguió a la primero. Luego una tercera. Después de eso, me froté y froté, insegura de si estaba limpiando el sudor o las lágrimas.

Seranda tenía su polla ahora, también. Ella lo tenía todo.

Sarah abrió los ojos.

—¿Estás bien?

Negué con la cabeza.

—Está follando a Seranda en este momento. En este mismo segundo. Puedo sentirlo.

El suave sonido de desaprobación de Dax no ayudó a mi estado de ánimo.

—No deberías haberle dejado.

—Ellos lo van a matar. Matar. Matar.

Dios, ¿es que la temperatura llegaba a cuatrocientos grados aquí, o era solo yo? Irritada con mi túnica, la rasgué y la arrojé al suelo. La piel de mis brazos y manos era de un color rosa brillante.

¡Ajá! Lo sabía. Demasiado calor.

Sarah se acercó cuando devolví la atención a mi fregado.

—¿Cuánto vino tomaste? —preguntó.

—¿Vino? Nada de vino. Tenía sed. Bebí agua. Necesito más agua.

Me quedé de pie, llenando la taza por cuarta vez. Me la tragué toda de una vez, vertiendo una pequeña cantidad en mi pecho y cuello. Hacía tanto calor, maldición.

—Hace calor aquí. ¿No tienen aire acondicionado los extraterrestres?

Sarah miró a Dax y luego a mí.

—La temperatura está bien, Tiff. ¿Por qué no te levantas? Te llevaré de regreso a tu habitación.

—No. Tengo que limpiar el suelo.

—Odias limpiar —me dijo.

Sí. Desde que trabajaba en el restaurante, no me gustaba hacerlo. Deek tenía criados para limpiar y también Dax. Pero aquí estaba yo en el suelo, fregándolo. ¿Por qué?

Me puse de pie lentamente, miré la tela en mi mano, vi que mis manos temblaban. Olvida lo de las cuatro tazas de café. Esto se sentía como si hubiera tragado una caja entera de *Red Bull*. Mi corazón estaba acelerado, latiendo tan rápido en mi caja torácica que comenzó a doler.

—Algo está mal conmigo.

Entonces Sarah se acercó, me quitó la tela y la colocó sobre la mesa. Me miró detenidamente, tomando mi mentón con su mano.

—¿Tomaste algo?

—¿Tomar? —pregunté, frotando mis brazos desnudos por la comezón.

Estaban tensos. Mi corazón latía demasiado rápido. Demasiado rápido. Necesitaba agua helada. Más agua. ¿Tenían helado en este estúpido planeta? ¿Algo con trozos de chocolate? Alguna cosa.

—¿Hace calor aquí?

—Tiffani, ¿qué tomaste?

—¿Tomar? ¿A qué te refieres? ¿Cómo aspirina?

Sarah asintió.

—Nada.

Sarah miró a Dax por encima de su hombro.

—¿Estás segura? —preguntó Dax.

—Sí. Estaba en la cama llorando, y entonces comencé a sentirme extraña. Dios, algo está mal conmigo. No puedo mantenerme quieta y mi piel se siente con escalofríos, como si hubiese hormigas recorriendo todo mi cuerpo.

Me estremecí, tirando de las costuras de mi vestido y temblando. ¿Hormigas? Quizás. ¿Tendrían arañas diminutas en este planeta? Quizás eran arañas. Temblé, frotando mi piel como si algo estuviese subiendo por mi cuerpo. Pero no veía nada. Estaba tan confundida.

—¿Tenéis arañas? ¿Y por qué estoy fregando vuestro piso?

Miré la baldosa blanca y limpia. Había visto una sola mancha de suciedad y había enloquecido. Antes había acumulado pilas de sartenes grasientos y había limpiado freidoras de restaurantes. Esto no era nada. Nada. ¿Una mancha de suciedad?

¿Se estaba moviendo? ¿Era una araña?

Di un paso atrás, buscando algo para aplastarla desde lejos. ¿Tendrían hierro fundido aquí? ¿Una escoba? Una escoba podría funcionar.

Mi vaso vacío captó mi atención.

Dios, todavía estaba sedienta.

—Tengo sed, Sarah. Lo siento. ¿Puedes darme otro vaso de agua?

—¿Cuántos has bebido?

Tuve que pensarlo por un minuto.

—No lo sé. Tres. No, cuatro. Creo que me han dado rufis.

Sarah no volteó los ojos.

—Bueno, si te hubieran dado rufis estarías durmiendo, no hiperactiva.

—Cierto.

Joder. Yo sabía eso. Lo había visto ocurrir una vez en el restaurante. ¿Qué me sucedía?

—¿Qué es rufis? —preguntó Dax.

—Es una droga que hace que las personas se duerman. Quedan inconscientes, y cuando se despiertan no recuerdan nada de lo que sucedió. Se usa en la Tierra, al menos en donde Tiffani y yo vivimos, como una droga para violar mujeres.

—Dioses —gruñó Dax—. ¿Alguien te ha tocado, Tiffani?

Negué con la cabeza.

—Solo Deek, pero eso fue antes de que le golpeara su fiebre en la fiesta. Luego de eso, se negaba a tocarme. Aunque compartimos la cama en la celda. Me rodeó con sus brazos y me quedé dormida. Pero eso fue todo.

—¿Has comido o bebido algo que algún desconocido te haya dado en la fiesta? —preguntó Sarah.

—Solo de Deek.

Dax fue a una unidad de pared, sacó un objeto negro con forma extraña y una espiral en la punta, y volvió hacia mí. Presionó un botón en algún lado y una luz azul iluminó la espiral.

Fruncí el ceño e incliné mi cabeza, apartándome.

—Está bien —dijo Sarah—. Es una varita ReGen, ¿recuerdas? Te quitó tu dolor de cabeza. Sana heridas y cosas así.

Cierto. Mi dolor de cabeza por las UPN cuando llegué por primera vez. Se sentía como si hubiera sucedido hace mil años.

Solo me quedé allí de pie con una mirada graciosa en el rostro, mientras Dax agitaba la varita por mi cabeza, y luego más abajo, pasándola por todo mi cuerpo; luego retrocedió.

—¿Y bien? —preguntó, al terminar—. ¿Te sientes mejor?

Sacudí la cabeza.

—No. No me siento diferente.

—¿*Cómo* te sientes? —preguntó Sarah.

—Mi corazón está acelerado y tengo calor. Cada mancha que veo en el suelo me está volviendo loca. Tengo sed. Mi piel siente cosquilleos. Mira, es rosa —extendí mi brazo para que Sarah lo inspeccionara, pero Dax me miró también, mientras continuaba—. Y estoy...

Maldición, no podía decirlo.

—¿Muy caliente?

Sarah terminó la oración en mi lugar.

Entonces me sonrojé, pero Sarah no rio.

—Sí. No puedo dejar de pensar en Deek, en.... lo que hicimos juntos.

Dax me analizó.

—Si no fue algo que comiste, ¿entonces con quién has entrado en contacto?

Pensé en la fiesta y comencé a caminar de un lado a otro en la cocina, drenando algo de mi energía incansable.

—Entré en contacto con todos en esa fiesta, pero nadie aquí toca a nadie. Sois demasiado machos o lo que sea. Es tan extraño. Estáis locos, ¿lo sabéis?

Dios, Deek era tan posesivo, tan gruñón cuando otro hombre siquiera me miraba, ¡y me encantaba! Me encantaba ser apreciada. Deseada. Querida.

Y ahora, quería a Seranda.

Dax gruñó.

—Sí, nadie toca a la compañera de otro hombre.

Pensé en retrospectiva.

—Engel sí. Él me tocó. Hizo que Deek enloqueciera. Es un imbécil. No me agrada.

Se me escaparon las palabras, e inmediatamente me arrepentí. Era el primo de Deek. Su familia. No debía faltarle el respeto a la familia de Deek.

—Lo siento. No debí haber dicho eso —miré a Sarah, rogando—. Por favor, no le digáis a Deek que he dicho eso.

No es como si eso importara, porque ya no era mío.

Gemí con dolor, y aparté la mirada.

—Tiffani, está bien. No le diremos —susurró Sarah.

Necesitaba creerle, volví la cabeza y la observé asentir solemnemente. Bueno. Ella no lo diría. El alivio fue inmenso e instantáneo, y me sentí como una niña de tres años que acababa de recibir una paleta.

Dax inclinó la cabeza, mirándome.

—¿Qué quisiste decir con que Engel te tocó?

Era difícil pensar, pero no era nada difícil recordar el sentimiento espeluznante de la mano de Engel.

—Extendí mi mano para saludar a Engel Steen, el primo de Deek, tío, sea lo que sea. Él no la tomó, pero estreché la mano de Tia. Supongo que ella sabía que era una cosa de la Tierra.

—¿Tia? —preguntó Sarah—. ¿Por qué ella te haría esto?

—Ella no lo haría —dijo Dax—. Pero estábamos hablando de Engel Steen, Tiffani. Trata de recordar. ¿Te tocó?

Sacudí la cabeza lentamente mientras seguía caminando.

—La única vez fue cuando Engel me tocó al final. No me gustó, pero Deek ya estaba loco por su fiebre. Recuerda, que Engel me haya tocado fue lo que hizo que se enfureciera y saliera de control.

Dejé de moverme y apreté los puños, furiosa de nuevo por Deek.

—¿Estás segura de que no hay nada más? —preguntó Sarah—. Cierra los ojos y piensa".

Hice lo que me pedía, sumergiéndome en la línea de tiempo de la fiesta.

—Llegaron los primeros invitados y Deek en realidad me recordó que los atlanes no se daban la mano, sino que se inclinaban a modo de saludo, así que al principio estaba pensando en eso. Estaba ese tipo ridículamente alto, ¿te acuerdas de él? —pregunté, manteniendo mis ojos cerrados.

Sarah se echó a reír.

—Sí, él podría haber jugado baloncesto, ¿eh?

—Después de que él se fue, vinieron Engel y Tia. Fue entonces cuando le di la mano. Engel me dio el collar de la familia de Deek.

Mis ojos se abrieron de golpe y toqué los anillos que aún descansaban en la base de mi cuello.

—Oh, Dios —dije, tirando del broche en la parte posterior y tratando de quitármelo—. Es el collar. Por supuesto, es el puto collar.

—¿De qué estás hablando? —dijo Sarah, viniendo a ayudar.

—¡No lo toques! —gritó Dax, agarrando a Sarah.

Él respiró hondo cuando ella se alejó de mí con un salto.

—Lo siento por gritar, pero si es el collar lo que la hace actuar de esta manera, no quiero que lo toques.

Se inclinó y besó la frente de Sarah mientras yo jugueteaba con el broche, luego me lo quité. Lo sostuve en el aire como si fuera una serpiente muerta.

Dax sacó una pequeña caja de madera y la metí dentro. Lo colocó sobre la mesa y levantó la varita ReGen.

—Voy a cambiar la configuración. Si tienes veneno en tu sistema, esto analizará la sustancia química y programará tus células para que comiencen a producir un antídoto.

La espiral azul se volvió de un extraño tono naranja cuando lo agitó nuevamente sobre mí.

En un par de minutos, empecé a sentirme mejor. Mi piel dejó de sentirse tan sensible, mi respiración se volvió más lenta y no me sentía tan nerviosa. Ya no me sentía como si quisiera correr una maratón o fregar su casa.

Respiré hondo, y luego de nuevo.

—Demonios. Así está mucho mejor.

Dax miró la varita ReGen, y gruñó.

—Joder, lo sabía.

—¿Qué?

Sarah y yo preguntamos al unísono.

—Es rush.

—¿Qué es rush?

Miré la caja, y el collar que muy probablemente estaba cubierto con esa cosa.

—Está prohibido desde hace décadas. Es muy ilegal. Acelera nuestro metabolismo y hace que sea casi imposible que controlemos nuestras bestias. Solían usarlo en fiestas de sexo, hasta que los hombres perdieron el control y comenzaron a matarse entre sí. Ha sido vetado desde hace mucho tiempo, pero todavía hay un negocio ilegal fuera del planeta.

—¿Con la Tierra? —pregunté.

—No. La Tierra no. No os afecta como afecta a los atlanes o a los aliens de otros planetas.

—Es por eso que no me dio un ataque furia como a Deek; por eso actuaba neurótica mientras él se enojaba.

—Exactamente. No estamos seguros de por qué reaccionáis distinto. Los científicos saben que algunos aliens, y disculpad, pero ambas calificáis como aliens para los científicos atlanes, responden de maneras diferentes.

—Quizás es bueno que también haya sido drogada. De no ser así...

No terminé la oración. Ni siquiera quería pensar en eso.

—Estarás bien. La varita ReGen lo sacó de tu sistema. Pero para Deek, para un atlán, incluso siendo tan grande como es, esta droga hará que la bestia salga de control; lo hará sentir como si tuviera la fiebre.

Dax alzó la caja y todos miramos el collar contaminado.

—En otras razas, como la vuestra, hace que el corazón se acelere. Causa calor, y sed, y...

—Te excita —informé—. Te calienta.

—Oh, demonios.

Sarah puso sus manos sobre sus caderas.

—Así que debieron haber usado esta droga con Deek.

Yo asentí.

—Tiene que ser así. Deek lo tocó cuando me colocó el

collar. Enloqueció luego de eso. Así que debió haber recibido mucha en su piel para reaccionar.

Miré a Dax.

—Eso significa...

—Deek no tiene la fiebre de apareamiento. Fue drogado.

—Y es mío.

Sentí la ira recorriéndome al pensar en lo que casi había ocurrido.

—Engel lo drogó. ¿Pero por qué? Pensé que eran familia.

Dax frunció más el ceño.

—Creo que Engel estaba a bordo de la *nave Brekk* cuando Deek tuvo la fiebre por primera vez.

La implicación era obvia, pero estaba tan lista para arrancarle los ojos a alguien que no podía evitar hervir.

—Ha estado drogando a Deek desde el principio, tratando de que le ejecuten.

Sarah se cruzó de brazos.

—O que sea la pareja de su hija.

Respiré hondo y traté de pensar. ¡Piensa!

—¿Por qué Engel haría esto? Son familia, ¿no? ¿Qué tiene que ganar? Incluso si Deek fuese la pareja de Tia, no lo comprendo. No es como si hubiese cambiado algo.

Dax bajó la caja y caminó por la cocina; la furia hizo que sus ojos se oscurecieran. Reconocí los signos de la bestia despertándose en respuesta a su ira, y me aparté del camino rápidamente mientras Sarah se apresuraba a ir a su lado para calmarlo.

—Vamos a calmarnos, llamar a los guardias, e ir a la casa de Engel para preguntar, ¿sí? Tenemos tiempo.

Hice un cálculo rápido.

—Cinco horas y media.

Los hombros de Dax eran más largos que hace unos momentos, pero dejó que Sarah pasara su mano de arriba abajo por su espalda para ayudarle a mantener el control.

—El concejal Engel es un hombre muy poderoso. Cuando Deek lo entregó por haber traficado armas ilegalmente a un planeta no miembro, lo liberaron en cuestión de horas.

—¿Qué? —jadeó Sarah, y yo me uní a ella—. ¿Qué tráfico de armas? ¿De qué rayos hablas?

Dax posó sus manos sobre la encimera en el medio de la sala, y miró el collar mientras hablaba.

—Deek me lo contó en su oficina el otro día, mientras vosotras os visitabais.

—¿Qué te dijo? —pregunté, acercándome.

—Engel estaba a bordo del Brekk, supervisando un cargamento especial de comida e insumos médicos a un planeta devastado por la guerra llamado Xerima. Son gente primitiva, saqueadores y bárbaros que todavía luchan como señores de la guerra antiguos, por territorio y mujeres. Son inteligentes, guerreros feroces, y son muy buenos robando la tecnología de las otras razas.

—¿Y bien? ¿Qué tiene que ver con Deek?

Oh, de verdad quería estrangular a Engel en estos momentos.

—Deek lo atrapó escondiendo pistolas de iones y cañones de sónar de primera en los insumos médicos. La flota de la Coalición protege a Xerima, pero no son un planeta miembro. Darles armas, tecnología de transporte o naves está expresamente prohibido por la Coalición Interestelar.

Sarah soltó su respiración con un siseo largo y lento.

—Entonces, Deek lo atrapó y lo entregó.

—Sí. Pero soltaron a Engel en cuestión de horas y nunca fue sometido a una investigación.

Dax se veía indignado.

—Tiene amigos en las más altas esferas.

Dios, ¿es que esta mierda política estaba en todos lados? Pensé que los políticos de la Tierra eran malos.

—¿Y? ¿Entonces? Drogó a mi compañero y estaba a punto de dejarle morir. Tiene que pagar por eso.

Dax asintió.

—Estoy de acuerdo. Pero necesitaremos pruebas. Necesitaremos que los guardias estén involucrados antes de tratar de atraparlo.

Sarah y yo nos miramos. Ella se encogió de hombros.

—Bien. Llámalos, o lo que sea. Tenemos el collar.

Dax negó con la cabeza.

—Lo sé. Pero Deek tenía un montón de contenedores cargados con armas como prueba, y no fue suficiente. Engel tendrá que confesar, y tenemos que engañarle para que lo haga.

Mientras alzaba la vista para mirarme, noté preocupación en sus ojos.

—Tendrás que hacer que lo admita, Tiffani. Si podemos obtener una grabación de él admitiendo lo que ha hecho, se lo daremos a los monitores de las noticias para que lo transmitan en todo el planeta. No podrá ocultarlo, así como ha hecho con todo lo demás.

Mierda. Las confesiones no eran mi área de especialidad. Yo era camarera, no policía. Sin embargo, haría lo que sea para salvar a Deek.

—Quiero a Deek de vuelta en casa y a Engel muerto.

—Amén —añadió Sarah.

Miré a Dax y erguí los hombros.

—Solo dime lo que debo hacer.

Seranda y sus tetas enormes tendrían que irse a follar a otro enorme guerrero atlán. Deek era mío, e iba sacarlo de esa maldita prisión. Luego de que ayudara a Dax a matar el imbécil que lo metió allí. Bueno, quizás no matarlo, pero iba a darle una paliza en las pelotas tan fuerte que no podría usar su polla al menos por un mes. Y entonces dejaría que Dax lo capturara. Basándome en la ira que prácticamente brillaba en el cuerpo de Dax, no tendría que preocuparme sobre tener justicia para mi compañero.

Y estaba muy, muy agradecida de que Deek tuviese amigos tan leales.

—Gracias, chicos. No olvidaré esto. Nunca.

Sarah se acercó y tomó mi mano.

—Nosotras, las chicas de la Tierra, debemos permanecer juntas.

Asentí, sintiendo como el alivio y la esperanza hacía que lágrimas llenaran mis ojos.

Sarah me apretó.

—Destruyamos a ese imbécil y traigamos a tu hombre.

Dax nos llevó a una mesa en donde nos sentamos como generales planificando la próxima batalla.

—Bien, este es el plan...

13

Respiré hondo para calmar mis nervios. Todos decían que se sentía como mariposas, pero se sentía más como un infarto. Las palmas de mis manos estaban sudorosas, mi corazón estaba latiendo frenéticamente y era casi imposible mantenerme calmada. Pero el plan requería que estuviera tranquila, así que cuando la pantalla de vídeo se conectó con la de Tia, en el otro lado de la ciudad, en casa de su padre, le dirigí una sonrisa brillante.

—¡Tiffani! —dijo Tia, sentándose en una silla frente a su pantalla—. ¿Estás bien?

Su mirada me registró por completo —o lo que podía ver en su pantalla.

—Me tomó un par de minutos descubrir cómo hacer que esta estúpida máquina te llamara, pero sí, estoy bien. De hecho, estoy genial.

Frunció el ceño.

—Te ves muy... emocionada.

—Sí —respondí, encantada de que estuviese nerviosa.

Se veía como si estuviese emocionada. *Estaba* emocionada porque habíamos descubierto el motivo de la furia de Deek, y porque Dax había enviado a hombres a la prisión para detener la ejecución, si era necesario.

Hacer que Engel confesara era todo lo que se necesitaba para salvarle, y hacerlo era mi trabajo.

—Estoy muy emocionada. No vas a creer lo que pasó.

—¿Qué sucedió? —preguntó—. ¿Es sobre Deek?

Asentí, y una lágrima corrió por mi mejilla. Eso no había sido falso, y estaba abrumada al saber que realmente era mi compañero.

—Déjame llamar a mi padre. Querrá escuchar las buenas noticias. Déjame llamarle.

La miré mientras se levantaba de su silla. Ya no usaba el vestido de la fiesta, sino un vestido habitual que usaban las mujeres atlán; el suyo era color rosa pálido.

—¡Padre! —le llamó desde lejos, como si estuviera llamando al otro extremo lejano de su casa.

Deek había dicho que vivía en una mansión. Como era un concejal, era rico. Miré las paredes de la sala vacía, y los muebles lujosos, junto con las obras de arte en las paredes lo confirmaron.

Tia regresó y se sentó en la silla. Engel se quedó de pie a sus espaldas, colocando su mano sobre sus hombros.

—Bien, me has tenido en suspenso por demasiado tiempo —dijo Tia, con los ojos abiertos e impacientes—. ¿Qué sucedió?

—Es Deek. Nunca tuvo la fiebre. Fue drogado.

Tia frunció el ceño mientras juraba haber visto los nudillos de Engel tensándose sobre su hombro.

—¿Drogado?

Asentí.

—Sí, ¿puedes imaginarlo? Uno de los guardias en la cárcel reconoció los síntomas y lo examinó. Creo que era algo llamado rush —agité mi mano—. Dios, solo soy una camarera de la Tierra, así que no sé nada sobre estas cosas, pero supongo que habrá tocado algo que contenía la droga.

—¿Estás hablando en serio? —preguntó Tia, claramente horrorizada.

Miró a su padre levantando la cabeza.

—Lo sé, ¡no puedo creerlo!

Sonreí ampliamente y miré a Engel. Ni siquiera pestañeó.

—Eso es... increíble —dijo—. Pero tuvo la fiebre en más de una ocasión. ¿Cómo es eso posible?

Sacudí la cabeza y me hice la tonta.

—No tengo idea. Como dije, jamás había escuchado hablar de esa droga hasta ahora. Sé que tuvo un brote de fiebre que hizo que Dax lo hiciera pasar por el proceso de emparejamiento del Programa de Novias. Tia, recuerdas como eso salvó a Dax, ¿no?

Ella asintió con énfasis.

—Oh, sí, todos conocen esa historia. Son la pareja perfecta.

—Y Dax quería ver si podía salvar a su amigo de la misma manera. Es por eso que estoy aquí.

Tia estaba escuchando ávidamente, y Engel permanecía estoico, pero no tenía dudas de que estaba absorbiendo todo y pensando.

—Por lo que dijo Dax, supongo que sucedió hace demasiado tiempo como para rastrear la droga y vincularla con alguien del *Brekk*, o quizás fue después de eso. Pero supongo que hay guardias en la casa de Dax, analizando todo para encontrar la droga.

Pasé mi mano por mi rostro, para que pareciera que estaba luchando contra el cansancio, y entonces moví mi mano hasta mi cuello, posándola sobre el collar. Los ojos de Engel se enfocaron en él.

—Están seguros de que encontrarán la fuente de la contaminación y podrán vincularla al culpable —me estremecí—. Dios mío, ¿puedes imaginar quién le podría haber hecho esto a Deek?

Tia sacudió su cabeza en compasión.

—Tienes razón. Esto es terrible.

—¿Deek todavía está en la prisión?

Yo asentí.

—Está fuera de la celda, pero sigue en un cuarto de aislamiento. Han usado una de esas varitas ReGen, ¡Dios, esas son tan geniales!, pero quieren asegurarse de que esté completamente sano antes de que regrese conmigo a casa.

Miré por encima de mi hombro.

—Puedes ver que estoy de vuelta en casa de Deek, sola, pero a salvo. En cuanto a Deek, está bien resguardado para que nadie pueda hacerle daño. Eso me tranquiliza bastante. Al fin podré dormir un poco.

Me preguntaba si sonaba como una excéntrica chica de la Tierra parloteando, pues tenía que esperar que Engel viera el collar y supiera que era la evidencia que haría que le encerraran.

—He visto vídeos de gente drogada con Rush. Es aterrador —dijo Tia.

—Lo sé. Supongo que los terrícolas no tienen los mismos efectos —me encogí de hombros—. ¿Quién sabe? Todo lo que sé es que estoy exhausta, no hiperactiva por las drogas. Voy a dormir tan pronto como termine esta videollamada. Solo quería deciros esto ya que ambos sois mi familia ahora.

Toqué el collar de nuevo para añadirle un efecto.

Tia sonrió.

—Estoy tan feliz de oír eso. Descansa bien esta noche, iremos mañana para visitaros y unirnos a vuestra celebración.

—¡Otra celebración! —exclamé—. ¿Pero quizás podríais

esperar hasta el día siguiente? Quisiera tener una pequeña celebración con Deek... a solas.

Le hice un guiño. Ella se sonrojó, pero también me guiñó el ojo.

—Entonces el día siguiente.

Agité la mano con dirección a la pantalla mientras Tia extendía su mano hacia la pantalla y presionó un botón que finalizó la llamada. La pantalla se volvió negra, yo bajé mi mano, y mi sonrisa desapareció.

Solté el aire contenido, y me giré en mi silla.

—¿Crees que eso funcionó? —pregunté.

Dax y Sarah entraron a la habitación. Uno de los guardias se unió a ellos.

—Vendrá a por el collar. Pronto, antes de que Deek regrese —dijo el guardia.

No tenía ningún vínculo emocional en todo esto, pero no estaba menos enfadado que el resto.

—Cuando Deek esté aquí, no te perderá de vista y cualquier intento para recuperar el collar fallará. Engel lo sabe.

—Ahora ve a la cama y espera —dijo Dax, sombríamente.

Había luchado contra el Enjambre por años, pero le molestaba que el mal estuviese en Atlán. Y que sucediera a manos de atlanes.

—Como carnada —añadí.

Deek

Me desperté viendo como uno de los médicos militares agitaba una varita ReGen sobre mí. Dioses, no podía dejar de quedarme dormido. ¿Por qué cada vez que me despertaba veía cosas locas? Primero era Tiffani seduciéndome —lo que no me molestaba en lo absoluto, pensando en eso—, luego Seranda, y ahora esto.

—Déjame en paz —gruñí.

—Lo siento, comandante —respondió—. Necesitamos hacerle esta evaluación.

—¿Antes de la ejecución? —pregunté, apartando la varita.

—Para ver si tiene Rush.

Mi mano se paralizó.

—¿Rush?

¿Por qué coño tendría que hacerme un análisis de Rush? Me tumbé y dejé que el atlán hiciera su trabajo.

—Como me lo esperaba. Tiene suficiente Rush en su torrente sanguíneo como para acabar con un Zoran.

—¿El predador de tres piernas del sector 3?

Asintió mientras continuaba pasando la varita sobre mi cuerpo.

—El indicador muestra siete veces más de la cantidad que corre por las venas de un adicto. Deme treinta segundos para neutralizarlo.

El color de la varita cambió de naranja a azul. Había sido herido las suficientes veces como para saber que debía tumbarme y dejar que la varita hiciera su trabajo.

El doctor apartó la varita y se alejó de la cama. Me puse en pie, sacudí la cabeza y analicé cómo me sentía.

—Maldición, doctor. ¿Qué está sucediendo? —pregunté.

—Ha sido drogado.

Le di una de mis miradas exigentes que hacía que los nuevos temblaran de pies a cabeza. El doctor ni siquiera parpadeó.

—Según nuestro servicio de inteligencia, parece que alguien lo ha estado drogando con Rush para que parezca que su fiebre de apareamiento ha anulado sus facultades mentales.

Respiré hondo, y luego de nuevo, disfrutando de la sensación de... nada. Por primera vez en mucho tiempo me sentí normal.

—Quieres decir que alguien quería que pareciera como si mi fiebre de apareamiento fuera incontrolable.

El asintió.

—Sí, para que lo ejecutaran.

—Te refieres a un asesinato premeditado. ¿Quién lo hizo?"

El doctor levantó las manos.

—Soy parte de la unidad médica, no de los guardias. Me recomendaron que le hiciera pruebas para determinar si era Rush. Puede agradecerle a su compañera por eso. Es una mujer muy inteligente. Es un hombre afortunado.

—¿Qué quieres decir? ¿Mi compañera te pidió que me hicieran pruebas para saber si era Rush? Ella es de la Tierra. ¿Cómo sabría siquiera de su existencia?

La droga Rush había sido prohibida hace más de veinte años. Su uso era muy raro, ya nadie se molestaba en probarlo. Usar la droga con uno de tus compañeros atlanes era lo más bajo de lo bajo, era algo tan sin honor que la mayoría de los guerreros nunca consideraron la posibilidad.

—¿Quién me lo ha dado?

—No lo sé, comandante. Tendrá que preguntarle a su compañera, o al jefe Dax. Pero ahora está libre de la droga y ya no está bajo mi cuidado.

Sí, él sanaba a la gente. No los arrestaba.

—Si camina por el corredor, el guardia principal le estará esperando. Me han dicho que dos de los guardias personales del jefe Dax están esperando para acompañarle a casa.

La pared gravitacional estaba abajo, así que entré en el pasillo.

—¿Doc?"

Él me estaba siguiendo, pero se detuvo cuando dije eso.

—¿Sí?

—¿Y si no fuera Rush? ¿Y si realmente hubiera sido la fiebre?

El atlán frunció los labios.

—Entonces habría firmado su orden de ejecución.

Asentí una vez, luego me fui por el pasillo. Quien me hizo esto me lo iba a pagar. Ahora solo tenía que averiguar qué diablos estaba pasando.

—¡Guardia! —llamé, listo para cazar a mi enemigo.

Cuando llegué al final del pasillo, vi a dos guerreros vistiendo los colores de la casa de Dax y sentí que mi cuerpo se relajaba, pero no mucho. Cuando me acerqué, el mayor de los dos hombres dio un paso adelante, saludó. Parecía ser de mi edad, y se manejaba a sí mismo y a su arma como si supiera luchar.

—Comandante. Mi nombre es Rygor —inclinó la cabeza hacia el otro hombre—. Este es Westar. El señor de la guerra Dax nos ha enviado a acompañarle desde su celda.

Evalué a los guerreros con mi ojo experimentado. Ambos eran de mi tamaño y estaban completamente vestidos con armadura de batalla, pero la intensa mirada de Rygor apestaba a impaciencia, incluso a rabia.

—¿Por qué no está Dax aquí? ¿Y dónde está mi compañera?

Los guardias se miraron, y luego a mí, pero apenas podían sostener mi mirada. Era como si esperaran un arrebato de mi parte. Bueno, si no empezaban a responder a mis preguntas, eso es lo que obtendrían. Me crucé de brazos y los fulminé con la mirada de la forma que hacía que los nuevos reclutas se orinaran encima.

Rygor se aclaró la garganta. En lugar de responder, me entregó un bolso de guerrero. Lo abrí para ver un conjunto completo de armadura y un arma.

—¿Qué demonios está pasando, Rygor? Empieza a hablar. Ahora.

No llevaba mucho; Me había quitado la camisa de vestir a

petición del médico, y los pantalones y las suaves zapatillas de mis pies eran un atuendo de fiesta. Lo que me dio Rygor me hizo sentir como si estuviéramos en la batalla. Territorio familiar.

—Su compañera también tuvo una reacción a la droga. El jefe Dax y Sarah estaban con ella. Cuando le hicieron los análisis, descubrieron la presencia de Rush en su sistema.

Me detuve en medio de ponerme la armadura, observé al guardia de alto nivel.

—¿Mi compañera está bien? ¿Ha sido lastimada?

La bestia amenazó con abrirse paso mientras esperaba su respuesta.

—Tranquilo, comandante. Está bien.

Se aclaró la garganta de nuevo y su mirada se encontró con la de Westar, brevemente, antes de lanzarse hacia mí.

—Al menos lo estaba cuando nos fuimos de su casa.

Me puse la armadura sobre mi pecho, colocando rápidamente todo en su lugar. Me sentí como en casa usando el equipo de guerrero. Era voluminoso, pero familiar. Incluso cómodo, y me ayudó a tener la mentalidad adecuada para lo que nos esperaba. Si Dax me entregaba mi armadura, me dirigía a una misión. Tenía que asumir que involucraba a mi compañero, así que estaba preparado para matar. Esta vez, el Enjambre no era mi enemigo.

—¿Qué demonios quiere decir que *lo estaba*? ¿Y por qué no está bajo la protección del caudillo Dax?

Westar finalmente rompió su silencio mientras me pasaba una pequeña pistola de iones.

—No le permitió hacerlo, comandante.

Un gruñido se escapó de mi garganta y sentí como mi rostro se tensaba, y mis ojos comenzaban a cambiar mientras la bestia aparecía. Protegería a Tiffani de cualquier tipo de peligro, incluso si venía de sí misma. Apenas pude contener a la bestia, pero mi voz también había cambiado. Mis palabras eran como un grave retumbo.

—Explica. Ahora.

Rygor me dio un par de botas.

—Póngaselas. Le diremos todo en el camino. Mientras más tiempo tarde esto, pasará más tiempo antes de que pueda preguntarle por su cuenta.

Estuve de acuerdo con el hombre.

Westar resopló.

—Para ese entonces todo habrá acabado.

Primero metí uno de mis pies, y el luego el otro.

—¿Qué habrá acabado?

Rygor se inclinó levemente.

—Su compañera está confrontando a su enemigo, comandante. Está protegida, pero insistió en reunirse con él a solas.

—¿Mi compañera está confrontando al enemigo sola?

Mi pregunta hizo eco en las paredes del vestíbulo.

Iba a azotarla hasta que no pudiese sentarse por una semana.

—¿A quién demonios está confrontando? ¿Quién me drogó?

Rygor caminó con un paso rápido, y Westar y yo nos quedamos atrás fácilmente. Por su ritmo constante y su marcha, y por la manera en que se enfrentaba a mi bestia, sabía que había estado en las líneas de fuego, que había visto al enemigo y había sobrevivido. Un guerrero en la flota de la Coalición. Me preguntaba por qué no tenía una compañera, por qué continuaba sirviendo a Dax cuando podía tener su propio hogar y una compañera que le domara.

—Me temo decirle que ha sido su primo, señor.

Mis pasos se ralentizaron, pero no me detuve.

—No te creo. Tia nunca me traicionaría.

Westar sacudió la cabeza, nuestros pies hacían un sonido

de golpeteo constante mientras nos dábamos prisa por el vestíbulo.

—No Tia, sino su padre. Engel Steen.

Rygor miró por encima de su hombro, con preocupación en sus ojos.

—El *concejal* Steen.

Esas dos palabras me helaron la sangre. Ya libre de la droga, y teniendo claridad en mi mente al fin, todo tenía sentido. Y eso hacía que corriera incluso más rápido.

Mi compañera estaba por ahí, enfrentándose a uno de los hombres más poderosos en mi planeta; un hombre con tan buenas conexiones, tan formidable, que dos contenedores llenos de armas ilegales no habían sido suficiente para garantizarle el castigo más básico. Ni siquiera una auditoría.

Engel Steen era intocable, y mi pequeña compañera, obstinada y audaz, estaba tratando de derrotarlo.

Sola.

14

Engel Steen era un imbécil. Un imbécil pomposo, hipócrita, misógino, narcisista, y la lista seguía y seguía. Encajaría a la perfección en la Tierra. ¿No era porque había hombres como él que había dejado la Tierra?

—Tiffani, querida, me complace mucho saber de tu buena fortuna. Estoy seguro de que estás ansiosa por que el comandante regrese a casa contigo.

Se llevó la delicada taza a los labios y me sonrió como si fuera su puta hija favorita, la estrella más brillante del planeta, la chica más afortunada y feliz del mundo.

Si no hubiera sabido la verdad, habría creído cada maldita palabra. El hombre merecía un premio de la Academia. Disimular el rechazo en mi rostro me haría ganar uno, también.

—Gracias, concejal.

—Por favor, querida, somos familia. Llámame primo, o Engel.

Tomó mi mano, colocando su mano, enorme y áspera, sobre mi muñeca cuando estaba a punto de servirme más vino. Llevaba guantes, lo que me hizo querer gritarle para que se los quitara y así poder frotar el collar contaminado sobre él.

Poco sabía que el collar que seguía mirando sobre mi cuello no era el mismo, sino una réplica. El verdadero estaba en una caja en la caja de seguridad privada de Dax. Los restos de Rush seguían en él. La evidencia de su plan, fuera de su alcance.

Me apretó suavemente, como si me ofreciera consuelo. Todas las reglas de Atlán de no tocar, al parecer, no se aplicaban a él. Sabiendo todas las otras reglas que había roto, dudaba que respetara a alguien o algo.

Sonreí, y esperaba que él simplemente no conociera lo suficiente a las chicas de la Tierra para leer el disgusto y el odio que hervían justo debajo de la superficie.

—Me honras, primo.

Cambié la sonrisa de lo que esperaba que fuera acogedor a melancólico y levanté mi mano hacia el tesoro que realmente buscaba.

—Tal como hiciste con este generoso regalo. Gracias de nuevo. Sé que a Deek le complacerá escuchar tu preocupación. Me siento muy halagada de que hayas venido a ver cómo estoy, pero te aseguro que estoy bien.

—Sí, cariño. Pero tú eres de la familia, y no podía soportar la idea de que estuvieras sola en esta fortaleza gigante esperando a que regrese.

Levantó la palma de su mano de su posición sobre mi muñeca y se dirigió hacia el collar. Canalla.

—¿Puedo mirarlo? ¿Te importaría? Me gustaría sostenerlo. Con el comandante llegando a casa pronto, me encuentro sintiéndome sentimental.

Lotería.

—Por supuesto.

Llevando mis manos hasta mi cuello, rápidamente encontré

el broche y se lo entregué a él, enrollándolo en su palma abierta y enguantada.

—Gracias, querida.

Se inclinó sobre los anillos de oro y grafito, inspeccionándolos y acariciando cada anillo con las yemas de sus dedos, como si frotara algo en cada pieza.

Y luego me di cuenta de que no tenía que robar el collar para deshacerse de las pruebas; simplemente tenía que neutralizar la droga. Si desaparecía, no habríamos podido probar nada.

Se tomó su tiempo pretendiendo estudiarlo y sonreí todo el rato, bebiendo mi vino y observándolo hasta que se detuvo con el ceño fruncido y me miró.

—Este no es el collar que te di, prima, querida. ¿Dónde está el otro?

—¿No?

Abrí mis ojos lo más humanamente posible y me incliné para mirar el collar.

—No me lo he quitado desde que me lo diste. Ni siquiera me he cambiado la ropa.

Miré mi vestido de fiesta, ahora arrugado y arruinado. Tan pronto como Engel estuviese tras las rejas, iba a quemar esta cosa. Había sido tan bonito cuando lo puse por primera vez; pero ahora, ahora me recordaba cuánta maldad había en el mundo. No, en el universo.

—¿Cómo puedes saberlo?

—No, no es el mismo.

Trató de sonreírme, pero finalmente pude ver la tensión alrededor de sus ojos, la malicia atravesando su fachada.

—El broche es diferente. El collar de mi abuela tenía sus iniciales grabadas en el broche.

—¡Oh, no!

Puse mi mano en mi pecho con fingida sorpresa y le sonreí con satisfacción mientras tomaba un sorbo de mi vino.

—¿Qué cóctel químico mágico hay en tus guantes? ¿Qué harás si no puedes destruir la evidencia? Ahora todos sabrán que drogaste a tu propio primo con Rush, que estás fabricando la droga más odiada en Atlán y que la estás vendiendo como si fuesen caramelos.

Dejé mi vino en la mesa y saqué una pistola que Dax me había prestado, y que me había enseñado cómo disparar, por si acaso, de un lado de mi silla; apuntándola a su pecho.

—Pobre, malvado concejal, burlado por una estúpida y gorda muchacha de la Tierra. Qué *humillante*.

Sus ojos se entrecerraron mientras me inspeccionaba, su mirada iba desde la pistola descansando en mi mano hasta el odio que veía en ojos.

—¿Qué piensas que vas a hacer con eso, Tiffani?

—Yo solo soy la estúpida chica de la Tierra, ¿no? ¿Que qué voy a hacer? Dispararte.

Agité la pistola hacia él para hacer énfasis en mis palabras, y dejé que un par de lágrimas se escaparan por mis mejillas, en parte por el drama y en parte porque estaba tan furiosa con este hombre que mi ira necesitaba una vía de escape. Realmente *quería* matarlo, y eso me enfurecía aún más. En casa, sentía culpa cuando mataba a una araña. Atrapaba a esos malditos bichos con una taza y los dejaba ir afuera.

Este hombre me había hecho sentir odio, puro odio, y le permití que lo viese en mis ojos.

—Pero ahora, *prima*, creo que debería matarte por haberlo envenenado con Rush. Casi muere por tu culpa. Es justo que tengas el mismo final.

Tragué, y me relamí los labios. ¿Cuándo se habían entumecido?

Engel me sonrió entonces, inclinándose en su silla y cruzándose de brazos.

—¿Morir? ¿Hoy? No, querida, me temo que no es lo que tenía en mente.

La sala comenzó a dar vueltas, y yo bizqueé, mirándolo.

—¿Qué...?

El pensamiento se detuvo, mientras mi visión se volvía borrosa. Sentí como la pistola se caía de mis manos. En cuestión de segundos, mi cuerpo se relajó, chocando contra el lado de la silla en la que estaba sentada.

Mis ojos estaban abiertos, pero mi visión era borrosa, como si tratara de ver debajo del agua sin gafas. Todo era borroso y distorsionado.

Sabía que Engel se había levantado de su asiento y colocado su mano en mi mentón, alzándolo para que pudiese verlo.

—Como tú misma lo has dicho, *estúpida chica de la Tierra*. ¿Realmente creías que podías ser más lista que yo?

Se quitó los guantes, y los guardó en su bolsillo.

—Los guantes no estaban cubiertos con el antídoto para Rush, dulce prima.

Alzó el collar y lo colocó alrededor de mi cuello; el roce de sus dedos hacía que un escalofrío recorriese mi espina dorsal. Pero nunca le demostré mi horror. Era como un maniquí. Me sentía completamente distante. Sin emociones. Sabía que si realmente lo quería, podría hablar. Podía pestañear. Podía escupirle en el rostro, pero no tenía la energía para hacerlo y el resto de mi cuerpo era peso muerto.

—El collar de verdad era para ti, querida.

Su agarre en mi mentón comenzó a doler, y todavía no podía moverme. Era como si todo mi cuerpo se hubiera paralizado desde el cuello para abajo.

—Y ahora me dirás en dónde está el verdadero.

—Vete a la mierda.

Las palabras eran débiles y mal pronunciadas, pero no podía no haberlas oído.

Me levantó de la silla como si fuera una pluma, colocando sus manos alrededor de mi cuello.

—¿En dónde está el collar?

No podía respirar bien, pero no podía luchar contra él, no podía tomar su mano y apartarla.

—Tú envenenaste a Deek —dije, tosiendo.

Él rio, y el sonido era maldad pura.

Quería arrancarle los ojos, pero no podía.

—Te odio.

—No necesito tu amor, Tiffani.

Su mirada recorrió mi cuerpo de arriba abajo, con descarado interés masculino.

—Quizás te folle antes de matarte, quiero ver que magia tiene tu coño que puede salvar a una bestia atlán de una sobredosis de Rush.

Ni siquiera podía sacudir la cabeza.

—No.

—Deek puede haber sobrevivido esta vez, pero puedo enviarlo a las líneas de fuego de nuevo, a una misión del Enjambre en donde será capturado y entregado. Sí, ese es un destino peor que la muerte, ¿no?

Me tiró al piso como una muñeca de trapo, y no pude defenderme, ni siquiera pude proteger mi cabeza y girarme.

—Pero tú mueres primero.

Afortunadamente mi cuerpo estaba adormecido, pero mi cabeza chocó contra el suelo de mármol y se sintió como si fuese una sandía explotando.

Un rugido sonó desde un lugar cercano. Abrir mis ojos era como meter atizadores de metal caliente en mi cerebro; la luz era como una explosión de dolor. Pero conocía ese rugido. Conocía a ese atlán. A esa bestia. Y ambos eran míos.

———

Deek

. . .

Rygor y Westar me acompañaron a la entrada trasera de mi casa y nos escabullimos dentro como ladrones. Me habían contado todo en el camino, explicándome de todo lo que me había perdido. Cuanto más escuchaba, más se enfurecía mi bestia. Sabía que Tiffani estaba enfrentando a Engel, tratando de arrancarle una confesión. Sabía que estaba siendo vigilada por los guardias de Atlán y por Dax.

No era suficiente. Mi bestia se enfureció y mis ojos permanecieron de un color negro constante mientras me esforzaba por no luchar contra él. Tiffani no necesitaba a mi bestia con una furia ciega y asesina. Necesitaba que yo pensara.

Lo que era jodidamente imposible cuando lo único que mi bestia podía imaginar era a Engel tocándola, lastimándola.

Corrí por la escalera de atrás a una habitación donde el señor de la guerra Dax y tres miembros armados de la guardia de Atlán observaban a mi compañera y a Engel a través de un sistema de monitores. Sabía que estaban grabando cada palabra, pero no podía escuchar nada de eso.

Vi como Tiffani sonreía y bebía un sorbo de vino, como si no le importara el mundo. Verla sana y salva ayudó a calmar la furia protectora de mi bestia y silenciosamente le di un codazo a Dax, forzándolo a darme su auricular. Quería escuchar cada maldita palabra.

La lógica me exigía que la dejara terminar lo que había comenzado. Si interfería ahora, Engel se alejaría para amenazarnos una y otra vez. Mientras estuviese vivo y libre, era una amenaza letal. Por mucho que odiara esto, Tiffani tenía razón al respecto. Teníamos que detenerlo, y necesitaríamos una confesión para hacerlo, algo que él no pudiese ocultar. Pero si ese imbécil siquiera pensaba en amenazar a mi compañera, lo iba a partir en dos con mis propias manos.

Fruncí el ceño, acercándome a los monitores cuando escuché la voz de Engel primero. Sostenía el collar de mi bisabuela en sus manos. Tiffani debió habérselo quitado y se lo entregó.

—No, no es el mismo. El broche es diferente. El collar de mi abuela tenía sus iniciales grabadas en el broche.

—¡Oh, no!

Tiffani puso su mano sobre su pecho y se inclinó hacia atrás.

—*¿Qué cóctel químico mágico hay en tus guantes? ¿Qué harás si no puedes destruir la evidencia? Ahora todos sabrán que drogaste a tu propio primo con Rush, que estás fabricando la droga más odiada en Atlán y que la estás vendiendo como si fuesen caramelos.*

Ella bajó su copa de vino y mi corazón comenzó a latir fuerte. ¿Qué coño estaba haciendo, provocando a un asesino a sangre fría de esa manera? La sala en la que estaban estaba demasiado lejos. Me tomaría diez segundos por lo menos llegar hasta ella a toda velocidad. Para ese entonces ya la habría matado.

Su voz lo provocó un poco más, y aunque quería correr para estar a su lado, tenía que admirar su valentía. Era la compañera más valiente y hermosa. Y lo estaba haciendo por mí. Hacer que Engel confesara sus crímenes era la única manera de que fuese completa e irrevocablemente exonerado; y de que pudiésemos vivir el resto de nuestras vidas en paz.

—*Pobre, malvado concejal, burlado por una estúpida y gorda muchacha de la Tierra. Qué humillante.*

Tiffani sacó una pistola y yo me volví hacia Dax, quien asintió y susurró:

—No te preocupes, Deek. Sabe cómo usarla.

—¿En qué demonios estabas pensando al darle una pistola? —pregunté.

No quería que tuviera un arma cerca, incluso si la tenía en sus propias manos.

—¿Habrías preferido que estuviera allí desprotegida?

Dax se encogió de hombros.

—No se supone que debiera sacarla. Se suponía que era un último recurso.

—Maldición.

Engel habló y enfoqué mi atención en la pantalla.

—*¿Qué piensas que vas a hacer con eso, Tiffani?*

—*Yo solo soy la estúpida chica de la Tierra, ¿no? ¿Que qué voy a hacer? Dispararte.*

Vi como las lágrimas corrían por el hermoso rostro de Tiffani. Estaba sufriendo. Por mí.

Y entonces lo amenazó con matarlo.

Mi corazón se congeló, una sensación dura y fría como la piedra inundó mis venas. No me importaba si ella lo mataba, él merecía morir. Pero acababa de amenazar a un señor de la guerra, un guerrero endurecido por la batalla que había sobrevivido más de una década en las guerras del Enjambre.

Si ella iba a matarlo, es mejor que lo hiciera y dejara de hablar.

Corrí hacia la puerta, pero Dax y uno de los guardias me detuvieron.

—Aún no, Deek. Está a punto de confesar. No le arrebates este momento.

—La matará.

Mi bestia gruñó y me hice más grande, me dolían los dientes mientras se movían, mis encías se retraían para revelar los bordes afilados.

La voz engreída de Engel hizo que volviera a los monitores. Me di cuenta de que casi había salido corriendo de la habitación con el auricular todavía en mis oídos.

—*No es lo que tenía en mente.*

—*¿Qué...?*

Tiffani sonaba confundida. Débil. La vi aflojarse, su cuerpo se salió de control y un grave gruñido sordo llenó la sala.

—*Estúpida chica de la Tierra. ¿Realmente creías que podías ser más lista que yo?*

Se quitó los guantes y se los metió en el bolsillo.

—*Los guantes no estaban cubiertos con el antídoto para Rush, dulce prima.*

Veneno. Había envenenado a mi compañera. Justo frente a mis ojos. Y los de Dax. Y los de los guardias.

—Joder —gruñí.

Dax siseó y el guardia a mi izquierda apretó su agarre.

—No te muevas, comandante. Necesitamos saber qué le dio.

Engel puso su collar alrededor de su cuello y tuve que darme la vuelta, incapaz de soportar la vista de él tocándola.

—El collar de verdad era para ti, querida. Y ahora me dirás en dónde está el verdadero

—Vete a la mierda.

15

eek

ALLÍ ESTABA mi hermosa y obstinada compañera. Me llené de orgullo al ver su abierto desafío, su valentía, incluso mientras luchaba por dejar que terminara con esto; para asegurarse de que Engel no tuviese opciones ni escapatoria. Tenía que honrar su valentía, su deseo de ayudar, pero no tenía que gustarme. Entonces sentí furia. Le tomó a Dax toda su fuerza y dos guardias para sujetarme mientras la voz de Engel se hacía más exigente.

—*¿Dónde está el collar?*

—*Tú envenenaste a Deek.*

No había nada cuerdo en su risa. Levanté mi mirada hacia el monitor para encontrar a mi compañera colgando de sus enormes manos, las manos que estaban envueltas alrededor de su suave garganta.

Y la bestia se liberó.

Recorrí el pasillo y entré en la habitación donde Engel

estaba sobre mi compañera. El gruñido de mi bestia sacudió las paredes. Había enloquecido cuando el rush había golpeado mi sistema. Me había enfurecido cuando el Enjambre había lastimado a mis guerreros. Incluso me había enfurecido cuando supe por Seranda que Tiffani me había dejado. Pero esto, al ver a Tiffani en el suelo, bajo la influencia de otra puta droga, indefendible y débil, fue cuando estalló mi bestia. Como atlán, no tenía control sobre ella, ni tampoco quería tenerlo. Quería que le arrancara una extremidad a Engel. Quería destruirlo.

Nadie iba a interponerse en mi camino. Ni Dax, ni los guardias. Nadie.

En mi visión periférica, vi a Dax junto a la puerta junto a los demás, esperando. Él intervendría, pero no ahora. Ahora era el momento de que terminara esto de una vez por todas.

Éramos yo y mi bestia contra el peligro para mi compañera. Él iba a morir.

—No pareces haberte recuperado de la fiebre, comandante.

Engel se burló de mí, sobre todo porque él permaneció tranquilo, sin ser afectado por mi bestia.

—Te mueres.

Dos palabras, e incluso eso supuso hacer un gran esfuerzo. Mi bestia simplemente quería luchar.

Engel dio una vuelta, sus propios ojos se volvieron negros en respuesta a mi amenaza. Aun así, se encogió de hombros.

—Perder a una compañera es peor que la muerte, ¿no es así? Quizás cuando tu querida Tiffani esté muerta, verás que quizás deberías haber tomado decisiones diferentes.

Me acerqué, con mi armadura apretada y mi corazón latiendo con fuerza. La bestia no atacó. Todavía estaba demasiado cerca de nuestra compañera. Y sabía exactamente de qué estaba hablando. Sus drogas y armas, el envío que le había negado.

—Xerima.

Engel se colocó entre Tiffani y yo, que permanecía débil en

el suelo. Mi bestia podía escuchar su corazón latiendo, pero parecía lento. Muy lento. Pronto, no tendría otra opción, tendría que atacar y esperar poder llegar a Engel antes de que él la matara.

—¿Cuál es el punto de tener familia en altas esferas si no pueden ayudar? Es sencillo, comandante. Una firma era todo lo que habría tomado para evitar todo esto.

Estaba admitiendo su crimen. Tal vez sabía que iba a morir. Tal vez sabía que todos eran conscientes de sus crímenes. Él había drogado a mi compañera. Solo por eso, sería encerrado de por vida. El resto se castigaba con la muerte. Ejecución.

—Codicia. Nada de honor.

Mi bestia se enfureció y me acerqué un paso.

Los ojos de Engel eran completamente negros, su rostro se alargó cuando comenzó a cambiar.

—Tengo dinero, idiota. Dinero y poder.

Y eso era verdad. Era uno de los líderes más poderosos de nuestro planeta. Honrado. Venerado. Más rico incluso que los señores de la guerra más condecorados que habían regresado de la guerra. Entonces, ¿por qué iba a tratar con Rush y armas ilegales? No tenía sentido.

—¿Por qué haces esto?

Cuatro palabras. Una oración completa. Antes de Tiffani, eso hubiera sido imposible.

—Estaba aburrido, Deek. De verdad. Pasé diez años destrozando a los soldados del Enjambre. Luego regresé a casa y me puse unas zapatillas y bebía sorbos de vino.

Engel levantó los brazos y apuntó a los lujosos tapices, las obras de arte y los elegantes muebles de la sala de estar.

—Esto no es nada, Deek. Con el tiempo, verás eso. Tuve la oportunidad de cambiar el resultado de la guerra en Xerima, de influir en el desarrollo de toda una civilización.

—Juegas a ser dios.

—Somos dioses, tonto. La mayoría son simplemente cobardes, demasiado asustados para gobernar.

Sacudí la cabeza, lentamente, y cerré mis manos. Estaba loco. Lo vi entonces, la creencia maníaca en su mirada.

Me lancé hacia él, entonces. Lo esperaba, me dejó entrar en su espacio, me permitió agarrarlo. La agresión alimentó a su propia bestia, alimentó al animal interior de rabia, transformando a Engel en su forma de bestia también. Se puso de mi tamaño, su cabello canoso era extraño para mí. No muchos hombres de su edad o estatura se transformaban, y la imagen era extraña. Pero su cuerpo era puro músculo, sus hombros y su pecho eran del mismo tamaño que el mío. Era enorme, poderoso, y sabía cómo luchar.

Pero luchaba por algo más que mi propio ego. Estaba luchando por Tiffani.

Luchamos, probando la fuerza bruta del otro. De ida y vuelta, sin ganar la mano superior. Oí llegar a los guardias, pero los ignoré. Sus detonadores simplemente me harían enojar en esta forma y harían poco para detener a Engel. Los señores de la guerra que habían luchado en las líneas del frente aprendieron a lidiar con el dolor de una pistola.

—No, no intervengas.

Escuché las palabras de Dax, pero me centré en Engel. Me aparté de un empujón y nos rodeamos mientras se limpiaba la sangre con el dorso de la mano. Su bestia respiraba con dificultad, el sudor goteaba de su frente.

—Nunca te interpongas entre guerreros en modo bestia. ¿Tengo que enviarte de vuelta al entrenamiento básico? Trae una varita ReGen aquí. El comandante no necesita nuestra ayuda, pero su compañera sí la necesita.

Engel se abalanzó y desvié su puñetazo, le asesté un golpe propio en su riñón, enganché su cara y tiré hacia atrás y hacia abajo, haciendo que la cabeza del bastardo quedara hacia arriba. Usando mis garras, rasgué su cara, torciendo su cuello.

Desafortunadamente, giró su cuerpo en el momento en el que iba a quebrar su espina dorsal, así que solo lo marqué con las uñas de mi bestia, causándole cicatrices profundas en su rostro. La sangre brotó de las heridas cuando un aullido se escapó de su boca, sacudiendo la habitación.

Jadeando, me incliné hacia delante, con los brazos extendidos, listo para más. Ver mi marca en su rostro y saber que iría a su muerte con esta vergüenza, hizo que mi bestia aullara triunfante. Pero aún no habíamos terminado.

Esta vez me atacó, su aullido de rabia era como una explosión en la habitación. Utilicé su fuerza contra él. Dando un paso a un lado, lo tiré al suelo y le clavé las garras en la espalda.

Más allá de lo racional, me abrí paso por la carne hasta llegar al hueso, envolví mis manos alrededor de su columna vertebral y las torcí hasta que sentí que sus huesos se rompían; primero uno, luego dos, y luego más, mientras Engel gritaba de agonía debajo de mí.

Lo sostuve allí, mi mano se envolvió alrededor de su espina dorsal mientras él agitaba sus brazos. Sus piernas dejaron de moverse y mi bestia gruñó de la satisfacción. Lo habíamos herido, lo habíamos arruinado; habíamos destruido a nuestro enemigo. Engel no se levantaría, no caminaría, nunca pelearía de nuevo.

Y aun así no pude soltarlo. Él empujó hacia arriba con sus brazos y clavé mi puño más profundo, separando sus huesos y perforando su tejido blando. Sabía que sus pulmones se estaban llenando de sangre. Sus brazos se derrumbaron y se desplomó en el suelo, su cuerpo se enfrió, en estado de shock. Parpadeó lentamente mientras la sangre goteaba de su boca al suelo.

La bestia había acabado con él. Lo había hecho. Estaba triunfante. Pero no lo dejaría ir, no hasta que hubiera respirado por última vez.

—¡Deek! ¡Deek!

Sentí la mano en mi hombro, escuché la voz, pero me fue difícil disipar la neblina del odio. De la rabia. De la furia. No era la bestia la que no estaba escuchando, sino el guerrero atlán. Quería a Engel muerto. La bestia, sin embargo, escuchaba a su compañera; y ella estaba hablando ahora.

La bestia me calmó y me dio un codazo con fuerza al sentir la mano de mi compañera en mi hombro, al escuchar sus palabras.

—Deek, suéltale. Ya está —dijo ella.

Me apretó el hombro y aparté la mirada del paralizado Engel para mirar a Tiffani.

—Todo se acabó para él. Déjaselo a los guardias.

—Pero él te lastimó —le respondí.

No podía dejar pasar esta oportunidad. Necesitaba destruir al guerrero que la había lastimado.

—Lo hizo. También a ti.

Tragó en seco entonces, porque era una herida nueva para ella.

—Pero se acabó.

—Debe morir —juré.

Ella asintió mientras tomaba mi sudorosa mejilla, y me acariciaba justo debajo de mi ojo con su pulgar. Mi bestia se apoyó en su roce y se acurrucó.

—Morirá, pero no por tu mano. Deja que Dax venga aquí y lo sane.

—¡No!

La bestia y yo estábamos completamente de acuerdo, pero Dax dio un paso adelante, sosteniendo la maldita varita ReGen que ya brillaba de color azul y estaba lista para ayudar al bastardo.

—Que se enfrente al Consejo, Deek —me dijo Dax—. No puedo curar su columna vertebral, pero estará lo suficientemente sano como para ser transportado a la cárcel. Te prometo que lo ejecutarán cuando el Consejo se entere de lo que ha hecho.

Los ojos de Tiffani eran redondos, suplicantes.

—Déjalos hacer eso. Que los guardias lo tengan. No quiero que te manche. Por favor.

Mi pequeño compañero estaba tratando de protegerme de sentir culpa. Lo que ella no entendía era que no tenía remordimientos; yo no me arrepentía. Si Engel moría aquí y ahora, nunca sentiría culpa. Pero su corazón era suave, su preocupación genuina, así que la apaciguaría. No porque yo sufriría por haber matado al hombre que la había lastimado, sino porque ella sufriría y se preocuparía por mí.

Era mucho más frío de lo que ella creía. Yo era un asesino. Un guerrero. Sólo por ella latía mi corazón. Sólo por ella sentía dolor.

Mi agarre era rígido cuando abrí mis dedos y solté a Engel. Pero lo hice por ella.

Dax se colocó detrás de Tiffani, con los brazos cruzados y una pistola en la mano, y esperó mientras la varita ReGen funcionaba. Una vez hecho esto, hizo un gesto con la cabeza y los guardias se agacharon y agarraron a Engel y se lo llevaron; lo sacaron de la habitación medio cargado, medio arrastrado; y los gritos de dolor del criminal podían oírse.

—Gracias.

Tiffani cayó de rodillas ante mí. Podía sentir el calor de su piel, su aroma se arremolinaba entre nosotros y lo inspiré profundamente.

—Yo también lo quería muerto. De verdad. Debería haberle disparado. Debería haberte protegido.

Mis ojos se ensancharon. Tiffani era suavidad y luz, amor y risa. No podía imaginarme tal mal tocándola.

—Dioses, no. Lo prohíbo. No necesitas esa clase de maldad en tus manos. Eso vuelve negra tu alma.

—Eso es cierto.

Puso su mano en mi pecho y pude sentir mi ritmo cardíaco volviéndose más lento. Noté la forma en que su roce tenía un efecto calmante no solo en mi bestia, sino en mí también.

—No puedo dejar que manches tus manos, tampoco. ¿Sabes por qué? Porque se supone que *debo* cuidarte. Yo. Tu compañera.

Respiré hondo, y luego lo hice de nuevo.

—No quiero volver a verlo nunca más. Prométeme, ¿te asegurarás de que esté muerto? —le pregunté a Dax, levantando mi barbilla para mirarlo a los ojos.

—Lo haré. Te informaré cuando esté todo hecho. Cuida de tu compañera. La varita ReGen eliminó todos los efectos del agente paralizante. Está bien.

Estaba agradecido por mi amigo, por su mente clara; por atender a mi compañera mientras yo le daba una paliza a Engel. Pero ahora era el momento de revertir los roles. Dax se ocuparía de Engel, no me importaría si le daba otra paliza más, y yo cuidaría de Tiffani.

—¿Lo suficientemente bien como para ser azotada? —le pregunté.

Los ojos de Tiffani se agrandaron y Dax rio.

—Bastante bien, supongo.

—Deek, yo no pienso que...

—Eso es correcto, no pensaste.

Estaba mejor en ese momento, el mundo se enderezaba y finalmente se enfocaba. Y Tiffani estaba en el centro de todo esto.

—¿Poniendo tu vida en peligro así? ¿Llamándote gorda *y* tonta? Eso merece un azote, Tiffani.

Ella farfulló cuando me puse de pie y la levanté en mis brazos. Ella era el puñado perfecto, justo. Para mí. Nunca la dejaría ir de nuevo.

La llevé a la habitación, dejando caer las esposas que había abandonado en la cama antes de entrar a la sala de baño. Escuché a Dax abajo, escoltando a todos fuera de mi casa. La casa de Tiffani. *Nuestra* casa. Y nadie la volvería a amenazar.

Ella permaneció en silencio hasta que escuchamos que la puerta de entrada se cerró de golpe, cortesía de Dax, sin duda. Choqué a Tiffani contra la pared en la ducha y encendí el agua tibia.

Mordiendo su regordete labio inferior, sus ojos se llenaron de lágrimas mientras me miraba.

—¡No puedes azotarme! Estaba tratando de salvarte.

No le respondí de inmediato, simplemente le rasgué el vestido mojado de su suave cuerpo y lo dejé caer al suelo. La lavé a fondo; necesitaba que cada pizca de este día, cualquier indicio de la droga o de Engel, desapareciera de su cuerpo.

Mis enormes manos eran rápidas y eficientes, porque no quería follarla aquí en la ducha, con la sangre de Engel arremolinándose en el agua a nuestros pies. La quería limpia y lista en *mi* cama; mía. Toda mía.

Terminado, ignoré la subida y bajada de su pecho y el oscurecimiento de sus ojos; me quité la armadura, dejándola caer junto a la suya en el piso de la ducha. Limpié las huellas de Seranda en mi cuerpo, y la sangre y el odio de Engel desaparecieron con el olor a jabón fresco.

Inhalé profundamente, disfrutando el olor de la piel húmeda de mi pareja, su calor, su coño mojado.

Oh, sí, ella estaba caliente y mojada, lista para mí. Su mirada se detuvo en mi pecho y hombros, en mis caderas. Cuando se quedó mirando mi polla, sus mejillas se pusieron rosadas, su respiración se hizo más entrecortada.

—Soy tuyo, Tiffani. Cada maldito centímetro de mí.

Limpio, apagué el agua mientras ella me observaba con incertidumbre en su mirada. Tenía la intención de asegurarme de que nunca, nunca más tuviera esa mirada en sus ojos. Ella era mía. Y después de hoy, nunca más lo dudaría.

La envolví en una toalla, sin molestarme en secarme, y la llevé a la habitación.

—Te voy a azotar ahora, amigo. Pero este azote no es por castigo, aunque Dios sabe que necesitas uno.

—¿Qué otro tipo de azotes hay? —preguntó cuando la arrojé sobre la cama.

Ella rebotó una vez, y luego se incorporó. Tomando su tobillo, la tumbé sobre su panza.

No perdí el tiempo mientras levantaba la toalla hasta que su trasero desnudo estaba expuesto. El exuberante y cremoso oleaje de su trasero hizo que mi bestia aullara y mi polla se endureciera.

Ella me miró por encima del hombro y entrecerró los ojos. Pero no se movía. Se quedó donde la puse, y eso me complació. Le gustaba mi mano dominante, mi necesidad de restablecer el control. Ella necesitaba esta vía de escape tanto como yo.

Me subí a la cama junto a ella hasta que mi rodilla se acurrucó en la parte superior de su seno. Puse una mano en su espalda y la otra en su trasero, para acariciarla y prepararla. Mis ojos se movieron desde su culo perfecto hasta su rostro.

—¿Necesitas ser follada, Tiffani?

Ella se mordió el labio y asintió.

—¿Eres mía, Tiffani, mi compañera?

—Sí.

—¿De verdad? ¿Estás segura?

Ella frunció el ceño.

—Sí, soy tuya y tú eres mío.

Puse las manos detrás de ella y saqué las esposas de las sábanas, haciendo que colgaran frente a su rostro. Sabía que mis ojos se habían oscurecido, porque a la bestia no le gustaba ver sus muñecas desnudas.

—Entonces, ¿por qué te las quitaste?

Ella tragó en seco.

—Tuve que hacerlo.

—Me entregaste a Seranda.

Sacudiendo su cabeza, se arrodilló, hasta que estuvimos casi a la misma altura.

—No, claro que no. ¿Crees que yo *quería* que tú la follaras?

Sus ojos se llenaron de lágrimas, pero ninguna se escapó.

—¿Eso creíste?

—Van tres, Tiffani.

—¿Tres?

—Estoy contando las razones por las cuales tu culo debe ser azotado.

—¿La follaste? —preguntó de nuevo, con la voz insegura; era tan diferente de la voz de la mujer intrépida que había aprendido a amar.

Sosteniendo mis muñecas, le dejé ver que mis esposas todavía estaban en mus muñecas.

—Te pertenezco a ti y a nadie más. ¿Pero tú? Dices que eres mía, pero no llevas mis esposas.

Según la ley atlán, no eran necesarias para que nos mantuviéramos unidos, pero quería la señal, la prueba externa de que Tiffani me pertenecía. No todos los atlanes necesitaban ese nivel de conexión, pero Dax y Sarah estaban siempre esposados y eran inseparables. Aparentemente, no era tan independiente como creía una vez. La quería conmigo, a mi lado, siempre. Nunca pensé que sería el atlán que haría que su compañera usara las malditas cosas; que se ataría a su lado como si fuera su mascota, pero al parecer, lo era. Necesitaba ver ese oro alrededor de su muñeca, no solo para mostrarle al mundo que era mía, sino también para asegurarle a la bestia que también le pertenecíamos.

Ella las agarró como para ponérselas de nuevo, pero las aparté. Besando una muñeca y luego la otra, cerré los puños a su alrededor tan suavemente como pude. El acto fue uno de reverencia, de completa devoción, y quería que ella sintiera eso de mí.

—Nunca te los quites de nuevo, Tiffani. Te lo ruego. Mi corazón no podrá soportarlo.

—Lo siento, Deek. No quería hacerlo. Pero no podía dejarte morir. Tuve que dejarte ir. Tuve que darle a Seranda la oportunidad de salvarte.

Las lágrimas cayeron de sus ojos incluso cuando las emociones más oscuras los llenaron. Enfado. Celos. Dolor.

—No importaba el costo.

Acariciando su mejilla —dioses, era tan suave como la seda— le ofrecí una pequeña sonrisa.

—Sí, ahora lo sé. Pero, mujer, nunca quiero despertarme con ninguna otra mujer desnuda, excepto contigo. ¿Me entiendes? Prefiero morir antes que perderte.

—No podía dejarte morir.

La callé con un rápido beso antes de continuar.

—No quiero que te enfrentes a los señores de la guerra de Atlán, a los criminales ni a ninguna otra amenaza sola.

—No estaba sola.

Gruñí entonces, tanto el guerrero como la bestia.

Ella miró hacia abajo.

—Sí, Deek.

—Ahora, ponte en mis rodillas para tus nalgadas, y luego te daré la follada que necesitas.

Vi excitación en sus ojos, pero ella no se movió.

—No necesito ser azotada.

Todavía de rodillas, la puse sobre mi regazo, con la cabeza y la parte superior del cuerpo sobre el colchón a mi lado, la toalla arrugada debajo de su cintura, su culo listo sobre mis muslos. Tiré de la toalla y la tiré al suelo. Con manos suaves, recogí su largo cabello y lo moví hacia un lado para tener una vista libre de sus curvas regordetas, del costado de su rostro; de la necesidad en sus ojos.

Al acariciar su suave piel, dije:

—*Yo* necesito azotarte, saber que eres mía, saber que estás bien. *Tú* necesitas un azote porque necesitas ser libre. Eres demasiado fuerte, demasiado valiente. Lo tienes todo dentro, Tiffani. No te permitiré que te escondas, ni tu miedo, tu alivio ni tu deseo. Es hora de dejar que todo salga.

No me demoré. Mi palma conectó con su trasero una y otra vez, haciendo que los óvalos perfectos temblaran debajo de mi palma una y otra vez, cada golpe agudo de mi palma la hizo saltar, temblar y jadear.

¡Zas!
¡Zas!
¡Zas!

Seguí así hasta que su lento flujo de lágrimas se convirtió

en un torrente de sollozos, hasta que dejó de luchar contra sus propias emociones y me dejó verla, realmente verla.

—No te escondas de mí, Tiffani. Quiero todo.

Ella negó con la cabeza, negándome, y la azoté una y otra vez, sin detenerme hasta que su desnudo trasero se sonrojó de un color rosa oscuro.

Ella gritó varias veces, pero no se movió. Sus ojos estaban cerrados, su rostro tenso mientras las lágrimas se asomaban por debajo de sus párpados. La azoté dos veces más, luego aparté uno de sus muslos de mi regazo, abriendo su coño.

No esperé, su húmedo aroma era más que suficiente invitación. Moviéndome lentamente, introduje dos dedos profundamente, los moví dentro y fuera varias veces mientras sus ojos se cerraban y gemía debajo de mí.

—Me asustaste tanto. Nunca he tenido tanto miedo en mi vida. Supe la verdad sobre Engel porque los guardias me lo contaron, y me dijeron lo que estabas haciendo, y casi muero en ese momento. Juro que mi corazón se detuvo.

Continué follándola con mis dedos, diciéndole lo fuera de control y desesperado que había estado. También le dije cuánto la amaba, cómo no podía vivir sin ella. El hecho de ver las esposas en el suelo de mi celda me había desgarrado el corazón, haciendo que mi bestia aullara de dolor.

A través de mis palabras, ella supo que sus acciones, aunque habían sido únicamente para ayudarme, me habían hecho envejecer diez años más.

—No podría dejarte morir —exclamó—. Te amo. Prefiero vivir sin ti antes que dejarte morir.

Entonces detuve mi mano y acaricié su cálida piel.

—No quiero una disculpa, Tiffani. Me encanta que seas tan valiente, tan ferozmente protectora con tu compañero. Solo quiero que entiendas por qué estás por encima de mis rodillas, por qué te estoy dando unas sonoras nalgadas.

Respiré profundamente.

—¿Porque me puse en peligro?

Ella comenzó a llorar de nuevo; suavemente al principio, y luego sollozó profundamente.

—No, amor. Porque te escondes de mí, no me dices lo que estás pensando, lo que necesitas.

Moví mis dedos otra vez. Dentro. Fuera. Lentamente, muy despacio. Una vez que mis dedos quedaron enterrados en su coño, le di un golpe a su clítoris.

—¿Que necesitas?

—A ti.

La bestia en mi interior había tenido suficiente de mi gentileza y mis juegos. La puse de espaldas y la esposé en el anillo especial pegado a la pared por encima de mi cama. Cuando se extendió como si fuese un banquete, me arrodillé entre sus piernas y abrí sus rodillas lo más que pude; mi mirada vagaba por cada centímetro de lo que era mío.

Yendo hacia abajo, coloqué las esposas correspondientes alrededor de sus tobillos. Ella no se resistió, no protestó mientras la retenía ampliamente, inmovilizándola para mi propio placer.

Recorrí todo su cuerpo, mi polla dura se deslizó dentro su coño con una embestida sólida. Ella gimió, e inclinó sus caderas para hacer que entrara más profundo.

—¿Quieres que te folle, compañera?

—Sí.

Se retorció.

—Más fuerte.

Tiffani

No me podía mover. Mis brazos estaban sujetos por encima de mi cabeza y mis tobillos tenían gruesas bandas de metal alrededor. Deek se arrodilló entre mis piernas, manteniéndome abierta, inspirando mi aroma como si fuera un banquete y él un hombre hambriento.

Mi trasero ardía; el calor se extendía a través de mí como una droga y me hizo sentir un hormigueo. Las lágrimas habían llegado con fuerza y rapidez, todo mi miedo por Deek, mi desesperación, mi dolor por haberlo perdido, se drenó cuando me azotó. Y ahora, ahora estaba vacía, excitada, y era totalmente suya.

Sus ojos se volvieron negros mientras recorrían mi cuerpo, deteniéndose en mis pechos, mi panza, y mi centro de placer, que sabía que estaba cubierto de jugos de bienvenida. Lo necesitaba dentro de mí, tomándome duro. Necesitaba olvidarme de todo este maldito día. No quería pensar más. Solo quería sentir.

Mi coño se apretó mientras se arrastraba sobre mí como un depredador listo para atacar. Su pene fue una gruesa sorpresa, y me penetró con una estocada segura mientras me inmovilizaba con su cuerpo.

Dios, él era tan grande, tan dominante, tan perfecto. No pude detener el jadeo que se escapó más de lo que podía negarlo cuando me preguntó si quería que me follara.

Dios, sí. Duro y rápido, y tan profundo que nunca pudiese sacarlo.

—Sí.

Intenté inclinar mis caderas para obligarlo a moverse, pero él se mantuvo inmóvil sobre mí, su grueso mástil me abrió, estirándome, llenándome, pero sin darme lo que necesitaba.

—Más fuerte.

Sus ojos, que se habían vuelto verdes, se volvieron de color negro bestia ante mi petición, y lo miré fijamente, desafiando al monstruo dentro de él; retándolo a que me tomara, que me follara, que me hiciera suya.

Con un rugido, lo hizo, transformándose a medida que

entraba y salía, fuerte y rápido. La cama tembló con su deseo y quise envolver mis piernas alrededor de sus caderas, enredar mis manos en su cabello, obligarlo a besarme, a acariciar mis pechos, a chupar con su boca mi duro pezón.

Atada a la cama, atrapada, no pude hacer nada más que someterme. Y eso me hizo perder el control. Dejé de pelear conmigo misma; le dije a mi estúpido y maldito cerebro, a todos los momentos en los que fui rechazada por mi tamaño, que se callaran y disfrutaran del recorrido.

Me folló como si nunca tuviera suficiente, como si yo fuera la única mujer que podía domarlo.

Y lo era. Él era mío.

Mío.

Él cambió de posición, levantó mi culo y envolvió un brazo alrededor de mí, debajo de mis caderas para que pudiera levantarme y colocarme sobre su polla. Él sacudió mi cuerpo con fuerza y rapidez, mi espalda se arqueó; mi cuerpo estaba expuesto y totalmente fuera de control. Su otra mano se dirigió a mis pechos, tirando y amasándolos, pellizcando mis pezones mientras mi coño se cerraba alrededor de él con cada pizca de dolor.

Cuando estaba moviéndome desesperadamente, rogándole que se corriera, rogándole que me dejara correrme, movió su mano libre hacia mi clítoris y me frotó con firmes y rápidos movimientos de sus fuertes dedos. Sus dedos se movieron sobre mí, deslizándose a través de mis pliegues, húmedos por mis propios jugos; y más rápido, mejor que mi vibrador favorito con baterías nuevas y en el nivel máximo.

Y todavía me follaba como una máquina. Su ritmo era implacable. No tuve tiempo de pensar. Ni de respirar.

Solo pude gritar cuando me corrí en toda su polla. Pero no se detuvo, me embistió de nuevo tan pronto como el primer orgasmo me había azotado.

Mi compañero sonrió entonces, su rostro era mitad

hombre, mitad bestia mientras sacaba su polla de mí. Me sentí vacía; las paredes de mi coño se cerraban contra la nada.

—No. ¡Deek! ¡No!

Estaba demasiado caliente, demasiado caliente, demasiado fuera de control.

—Te necesito. Fóllame más. Necesito más.

—No te preocupes, compañera, todavía no he terminado contigo.

Su sonrisa era de pura satisfacción masculina mientras bajaba la boca hacia mi clítoris y me chupaba hasta que vi las estrellas. Estaba en el límite, mi coño estaba vacío y dolorido cuando usó su boca y lengua para provocarme, para llevarme al borde del éxtasis una y otra vez; pero nunca me dejó correrme.

—Deek, por favor. Por favor.

No podría aguantarlo más. Lo necesitaba dentro de mí. Llenándome. Completándome. Haciéndome sentir que nunca más nos separaríamos. Haciendo que me sintiera completa.

—Compañera.

Depositó besos por todo mi cuerpo sudoroso, tomándose más tiempo con mis pechos, chupando cada pezón hasta que le supliqué que parara, que me besara en los labios, que me llenara con su polla.

Bajó sus antebrazos a cada lado de mi cabeza y tomó mi boca. Gemí a modo de bienvenida; solté lágrimas de alivio, de necesidad, que escapaban de mis ojos cerrados cuando le di todo. No me contuve. Cedí y no me guardé nada.

Suspiré cuando me llenó de nuevo, su polla se movía dentro de mí en un ritmo pausado, tan en desacuerdo con su anterior locura, que sabía que algo ahora era diferente.

Él me había follado antes. Me había follado docenas de veces desde mi llegada.

¿Pero esto? Esto fue más profundo. Sentí que estaba adorando mi cuerpo, amándome con más que palabras.

Me besó con su polla enterrada profundamente, conectándonos. No se apresuró, no exigió, simplemente me hizo saber que me amaba, que estaba segura en sus brazos, protegida debajo de él, y que siempre lo estaría.

Separé mis labios de los suyos y miré hacia arriba para encontrarme con los ojos más verdes que jamás había visto.

—Te amo, Deek.

—Yo también te amo, compañera. Nunca, nunca vuelvas a dudar de eso.

Asentí y alcé mis labios hasta los suyos, besándolo con toda la tierna devoción que él me había mostrado. Gruñó en respuesta, y sentí cómo su polla se hacía imposiblemente inmensa dentro de mí, justo antes de llenarme con su semilla, su vida, su promesa de un para siempre.

¡Continúa leyendo de la siguiente aventura de Novias Interestelares - Unida a los Viken!

Como comerciante de arte en Nueva York, Sophia Antonelli trabajó duro para armar su negocio, pero las fuerzas del destino la llevaron a hacer un trato con el crimen organizado. Cuando todo se va al diablo, cae y se le presentan dos opciones: veinticinco años en prisión o participar del Programa de Novias Interestelares. La elección es fácil, pero Sophia se asombrará al descubrir que no solo será emparejada con uno, sino con tres guerreros Viken.

Después de diez años de luchar contra la Colmena, Gunnar, Erik y Rolf son ahora los guardias del rey en Viken United. Siguiendo los deseos de la nueva reina, aceptan compartir una novia interestelar. Pero ninguno puede rescatarla cuando es secuestrada durante el transporte.

Accidentalmente confundida en un complot de una organización malvada para asesinar a la reina Viken, Sophia se rehúsa a rendirse, incluso con sus parejas en camino. Después de su experiencia en la Tierra, no va a permitir que nadie arruine su nueva vida. Sophia arriesgará todo para exponer al enemigo, pero cuando se trata de su nueva novia, sus tres compañeros Viken harán lo que sea para eliminar la amenaza y mantenerla... por siempre.

¡Continúa leyendo de la siguiente aventura de Novias Interestelares - Unida a los Viken!

ESPAÑOL – LIBROS DE GRACE GOODWIN

Programa de Novias Interestelares®

Dominada por sus compañeros

Pareja asignada

Reclamada por sus parejas

Unida a los guerreros

Unida a la bestia

Tomada por sus compañeros

Domada por la bestia

Unida a los Viken

El bebé secreto de su compañera

Fiebre de apareamiento

Sus compañeros de Viken

Programa de Novias Interestelares® : La Colonia

Rendida ante los Ciborgs

Unida a los Ciborgs

Seducción Ciborg

¡Más libros próximamente!

INGLÉS – LIBROS DE GRACE GOODWIN

Interstellar Brides® Program

Assigned a Mate

Mated to the Warriors

Claimed by Her Mates

Taken by Her Mates

Mated to the Beast

Mastered by Her Mates

Tamed by the Beast

Mated to the Vikens

Her Mate's Secret Baby

Mating Fever

Her Viken Mates

Fighting For Their Mate

Her Rogue Mates

Claimed By The Vikens

The Commanders' Mate

Matched and Mated

Hunted

Viken Command

The Rebel and the Rogue

Interstellar Brides® Program: The Colony

Surrender to the Cyborgs

Mated to the Cyborgs

Cyborg Seduction

Her Cyborg Beast

Cyborg Fever

Rogue Cyborg

Cyborg's Secret Baby

Her Cyborg Warriors

Interstellar Brides® Program: The Virgins

The Alien's Mate

His Virgin Mate

Claiming His Virgin

His Virgin Bride

His Virgin Princess

Interstellar Brides® Program: Ascension Saga

Ascension Saga, book 1

Ascension Saga, book 2

Ascension Saga, book 3

Trinity: Ascension Saga - Volume 1

Ascension Saga, book 4

Ascension Saga, book 5

Ascension Saga, book 6

Faith: Ascension Saga - Volume 2

Ascension Saga, book 7

Ascension Saga, book 8

Ascension Saga, book 9

Destiny: Ascension Saga - Volume 3

Other Books

Their Conquered Bride

Wild Wolf Claiming: A Howl's Romance

BOLETÍN DE NOTICIAS EN ESPAÑOL

FORMA PARTE DE MI LISTA DE ENVÍO PARA SER DE LOS PRIMEROS EN SABER SOBRE NUEVAS ENTREGAS, LIBROS GRATUITOS, PRECIOS ESPECIALES, Y OTROS REGALOS DE NUESTROS AUTORES.

http://ksapublishers.com/s/c5

CONÉCTATE CON GRACE

*P*uedes mantenerte en contacto con Grace Goodwin a través de su sitio web, su página de Facebook, Twitter, y en Goodreads, por medio de los siguientes enlaces:

Newsletter:
http://bit.ly/GraceGoodwin

Sitio web:
https://gracegoodwin.com

Facebook:
https://www.facebook.com/profile.php?id=100011365683986

Twitter:
https://twitter.com/luvgracegoodwin

Goodreads:
https://www.goodreads.com/author/show/15037285.Grace_Goodwin

SOBRE GRACE GOODWIN

Grace Goodwin es una escritora reconocida por USA Today por sus libros de superventa internacional de ciencia ficción y romance paranormal. Los títulos de Grace están disponibles en todo el mundo en varios idiomas, en formato de libro electrónico, impreso, audiolibro y apps. Dos mejores amigas, una en quien predomina el lado izquierdo del cerebro y otra donde lo hace el lado derecho, forman el galardonado dúo de escritoras que es Grace Goodwin. Ambas son madres, entusiastas de los juegos de escape, ávidas lectoras e intrépidas defensoras de sus bebidas preferidas (puede o no haber una guerra continua de té y café durante sus comunicaciones diarias). Grace ama saber sobre sus lectores.

www.ingramcontent.com/pod-product-compliance
Lightning Source LLC
LaVergne TN
LVHW012100070526
838200LV00074BA/3831